讀書放浪

藏書記憶・裝幀物語

李志銘

走出「放浪」的邊境

邱振瑞
著名翻譯家、作家

先談點現今書籍的命運。

在網路迅猛傳播、娛樂至死的年代裡，捧讀紙質書似乎越來越變得不合時宜，這時代一切以講求快速，工具理性地追求效率。以前讀者出於閱讀樂趣，逛書店掏錢購書，書店還能勉強經營下去。現在，情勢風潮大不同，讀書人口銳減，買書意願大為降低，要不就向圖書館借閱，發揮快讀快還的效能。比起安靜的閱讀，指滑智慧型手機樂趣無窮，它幾乎已成了全民運動。於是，出版社印製編輯的好書，自然而然地被運回倉庫，最後有的流入舊書店，有的被攪成了紙漿，通靈的愛書人彷彿都能聽到這樣的聲音：書籍從莫名的深處發出悲涼的嘆息。從這角度來看，我們把購書視為對出版事業施予的善行，對書店的熱血救濟，應該不算什麼誇大之詞。

日本的讀書及其出版狀況又是如何？二〇〇一年一月，日本作家佐野真一寫了兩本奇書：《誰是扼殺書籍的真凶？》。他在書中，全方位考察和解析日本出版市場衰落的諸種原因。從「書店」的經營形態、流通經銷、出版社的出書策略、編輯的角度、圖書館的功能、書評的作用、電子圖書的興起、如何拯救書市、讀書時間的分配、如何為出版業開闢活路等等，堪稱是對日本出版文化的總體檢。由此看來，不只台灣的情況如此，更多有閱讀習慣的日本人早就合上書本另覓其他樂趣了。這股情勢幾乎是無從抵擋的，但是日本出版文化界並未就此揮動白旗，而是付出更多作為來扭轉局勢，不信東風喚不回，如此氣概同樣令人感佩。

所以，出於我褊狹的見解，我偶爾對明目書社和山外圖書社的老闆打趣說：要看台北知識人的讀書狀況，尤其在社會科學方面上，以每星期是否來貴店瀏覽光顧作為指標。他們認同這樣的觀察。是啊，來店內走逛和買書的人越來越少，幾乎就那些固定的成員。多年來，在我的書友之中，李志銘便是其中一人，我經常看他出現在上述的書店裡淘書，甚至比我走得更遠，還到其他的舊書店尋找。借用現代的流行語，只憑這點我要給他按個讚呢。當然，我並不認為博覽群書的人特別偉大，不過對於在當今社會裡，有人願意掏錢買書，並徹底實踐閱讀這種善行，閱卷後孜孜不倦寫出感想，作為反潮流的抵抗，還是要致上些許敬意。因為在我看來，這個數量原本就比每年飛往日本北海道越冬的丹頂鶴還稀少，說什麼都得保育支持。

現在，他的付出終於獲得成果了，結集成《讀書放浪》一書。這本書內容分為三部分：書話童年；戀物執迷；裝釘浪漫。與他之前出版的《單聲道》相比，這本讀書隨筆看似較為隨性，或許出於這個緣故，他以「放浪」自喻，意指不羈形式、沒有固定方向，而是漫遊般的拾讀偶思。然而，綜觀全書的內容而言，他仍維持某種寫作策略，不讓其內容失去焦點。換句話說，在本質上，他是在呈示自己的閱讀歷程，呈顯其裝幀與收藏。他藉由絕版或散佚的文本，努力勾勒出時代的印記，重述往昔的台灣歷史記憶，用文字為讀者召喚流逝的美好時光。撰寫這類型的文化隨筆，需要足夠的外部條件。我始終認為，他在史料和舊籍的運用，比其他的寫作同行幸運，這應該歸功於舊香居店主的慷慨借閱，為他的閱讀工程提供後援。因為沒有厚實的經濟基礎，就無法購得珍稀古籍，如果你又要展現和閱讀其收藏珍本的話。

作者已寫過多本著作，寫作經驗相當豐富，作為讀者自然對他有更高的期待。正如書名所示，此書是以「放浪」為起始和終點的，因此，我們渴望看見的是，他在文思上的狂放與激揚情感，不僅止於平鋪直述，不只是資料的展示，更想知道他如何見解獨到地詮釋每個文本，引導我們迎向閱讀的妙樂境地中。基於善良的解釋，或許他已做好準備，即將走出「放浪」的邊境，就要往「探險」的路途上進發了。我衷心期待，下次撰寫新書的時候，他已經練就出探險家的英勇膽識，並以比考古學家更出色的文字回應讀者的目光，徹底逃離「放浪」的束縛，又成就「內在精神」的茁壯。

二〇一四年十月中旬

推薦序二

永不停歇的寫作浪人

吳卡密
舊香居店主

猶記得去年大約也是這段時間，在編輯製作《本事·青春：台灣舊書風景》時，給了志銘一個大題目，邀請他就上個世紀末一些具有代表性的書、雜誌、書系、對談錄，從時代、生活、閱讀的觀點加以聯結，簡潔扼要地串聯起來，作一次總回顧。志銘當然爽快答應，幾天後他笑笑的對我說：「嗯，這是個有難度的題目。」當時我還調皮的回應他：「哇！這是我頭一次聽你這麼說耶！」

龍泉店十周年，恰巧也是志銘經過舊書震撼最劇烈的十年，再次翻看此文，從他為文章下的題目來看：「舊書世代——致我們終將逝去的青春與時代記憶」，相信我們都認同，這是我們這個世代回頭看最輝煌的美好時代！雖然說是為我們而寫，但也像是一起玩書、熱愛舊書的我們，對這些經典和前輩致上的敬意和掌聲。

記憶的開關一開啟，過往的畫面溫柔凶猛來襲，一晃眼，志銘跌入舊書的花花世界也已超過十年了！我和他因舊書而起的友誼也已有十年之久。今年是第三次，在台下陪著他領獎，望著台上他感性的發表謝詞，說舊香居對他而言，如同他的「心靈後花園」。在台下的我，不自覺地浮現初識的午後，那時他只是為了碩士論文而來訪的研究生，當時他肯定不曾思考自己即將會踏出以創作、寫作為主的人生，會和舊香居累積如此深厚情感。

舊香居在二〇〇五年五月首開先例，在舊書店辦新書發表會，志銘的《半世紀舊書回味：從牯嶺街到光華商場》（群學出版），打破新舊之間的隔閡，是一次大膽串聯的嘗試，如同在志銘木訥寡言外表下，卻有勇於嘗新、不拘泥於傳統的表現，他坦率直言：自己對舊書和文學的喜愛、熱切是從進行碩士論文，由舊書店踏查才開始的。他百無禁忌、大量吸取，越沉越浸，因為這樣投入，也開啟了他的寫作人生。

他一直如此樂在其中，欲罷不能，讓我想到，電影《征服情海》（*Jerry Maguire*）裡的經典台詞「You complete me」，舊書的世界讓他變得完整，不僅給予他創作的動力和方向，更豐富了他的人生，讓他始終保持追求的熱情，走訪全台書肆，積極在網上搜索素材，挖掘舊書、舊物所蘊藏的更多、更美好的可能性，不斷積極寫作、嘗試新的題材，而同時長期沉浸舊書、舊物的美麗世界的他，在美的薰陶下，也感染到更多浪漫的思緒。在文體的蛻變上、情緒的掌握和文字表達都更加富有情意和個人氣息。寫作初期，志銘對於情緒的釋放是比較保守和容易卻步的，行文間並不習慣釋放和面對，近年來他能更自在自信的揮灑，感性的抒發，而他的文字有一種特有的草根性，避免了輕愁無重量的情緒，讓他的文字相對飽滿有力。

在新舊事物的激盪下，想像和創造力也同時形成和延伸，讓他更積極的挑戰自己，從裝幀、書人書事、黑膠，從西川滿、顏水龍、廖未林……到橋口五葉、竹久夢二、中村不折。他開始拉大創作視野和格局，日常生命、淘書讀書、與人交流都能拉進他寫作的題材中。長期出現在明目書社、舊香居的木椅沙發，絕不止是閒談八卦，談話中的人情世故和生活分享都能賦予他源源不斷的靈感，因為他對題材的蒐羅和積極努力，也常見識到他的窮追不捨和認真態度，孜孜不倦的活躍程度，遂使周邊朋友也都願意無私的支持他。

比起一些資深書蟲，這十年的積累不算長，但有些異於常人的執著和好運，經過十年探索和學習的海綿吸收期，讓他能更自在揮灑，論述更為深廣地，求新求變的企圖心和源源不斷的活力則引領他朝向更多元的發展。

不久前因他想要更深入撰寫凌明聲先生，我也陪同他去採訪郭英聲老師，志銘始終處於沸騰狀態，希望能以更接近真實的訪談，去呈現前輩們的樣貌、點滴，努力尋求可能的線索去還原時空背景和周遭的人事物。

追尋人的動線和軌跡、重述前人的美好與成就，不是評論姿態，更不歌功頌德，理性的表達、匯入恰到好處的主觀性和虛擬性，情境和氛圍隨即成立，他重新給予一種說法，如本書中，在分享上個世紀日本幾位大師所構成的〈裝釘浪漫：近代東洋裝幀考〉，沒有如教科書的乾澀，在看似知識的傳遞下，更如同是和長輩、朋友間樂趣的交流、喜好的分享，而這樣的創作形式開啟了一種風格，不再是專家權威才能談知識歷史，橫跨多領域能連結交融，經過個人的詮釋，就能是一個愉快的閱讀、對話狀態。

這是第四次為志銘寫序，也像是為我們超過十年的友誼寫一篇小回顧，儘管常常見面、談天說地，卻少有真心話大冒險，從《裝幀時代》、《裝幀台灣》、《尋聲記》到這本《讀書放浪》，篇篇都是畫面，有著在舊香居的無數個午後美好時光，與書友間滔滔不絕的交流分享。身為書友夥伴，除了打氣加油，我深信隨著閱歷、經驗、際遇的積累，能讓志銘開拓出更鮮明的觀點，以更嶄新的方式和行動力，將我們熱愛的舊書、舊物，「舊是美好」的想法，介紹給更多人了解。擁著夢想、帶著熱情和渲染力，也期待和志銘創造出更多的花火！

推薦序

輯一：書話童年

輯二：戀物執迷

● 輯三：裝釘浪漫：近代東洋裝幀考

● 後記——誌謝

輯一
書話童年

俠魂義膽少年夢
台灣舊書尪仔冊裡的廖添丁傳奇

憶我這一代人的童年歲月，印象最深刻的除了有雲州大儒俠史豔文、無敵鐵金剛、楊麗花歌仔戲、天龍特攻隊、手塚治虫，以及圓山動物園大象林旺之外，當然更少不了廣播名嘴吳樂天每禮拜從調幅電台（老式收音機裡）準時放送一段開場白「講添丁，說添丁，添丁說不盡……」把廖添丁傳奇故事描述得活靈活現的講古節目。

相信曾聽過（熟悉）他說故事的人大概都知道，吳樂天一講起「廖添丁」就是有股親切感，再加上他獨特的鄉土語言魅力，說書兼賣藥，總能生動活潑地吸引廣大聽眾，幾十年來持續不輟。根據很多老一輩人回憶，聽吳樂天講古，收音機就是要轉得大大聲，這樣聽才會有臨場感、震撼力，據說當年最夯的時候一天有四個時段，且採全國聯播的方式。而對於這位近百年來不斷被一代代文人墨客傳頌渲染的台灣傳奇人物廖添丁，以及他的結拜兄弟「紅龜仔」，吳樂天也總是不忘在節目中經常加油添醋、極盡誇張之能事：比方他說廖添丁身上有一條腳巾，可縱身一躍七丈二、來無影去無蹤，又說「紅龜仔」隨身攜帶兩把短槍，能夠毫髮無傷地用槍打子彈來點菸、槍法奇準，廖添丁甚至後來還參與了余清芳起義等抗日活動，並且結交了西螺七嵌「阿善師」、彼此更發展出亦師亦友的關係。

從其幼時出身貧苦，乃至爾後市井口耳相傳以俠犯禁、抗日救民的諸般義舉，最終竟以英年早逝之姿悲壯落幕，倘再對照於當年台灣接連遭遇保釣事件、中美斷交以及被迫退出聯合國等挫折的當下，吳樂天一口鏗鏘激昂的民族節義顯然將廖添丁「劫富濟貧」、「反抗殖民威權」塑造的英雄形象推展到了一個高峰，毋寧也為那個時代的台灣民眾傾洩了胸臆間的熱血激昂。

回溯昔日（一九七九）適逢中美斷交之際，「雲門舞集」首演《廖添丁》舞劇不惟轟動一時，且還登上《紐約時報》新聞評論稱譽為「東方的羅賓漢」、「充分表達台灣的時代精神」等語。之後，伴隨著無數台灣人成長的歲月裡，透過各種文字、口語以及歌謠形式的傳遞，有關他各種事蹟的流傳始終都未曾間斷過。

台北城下、義賊現身：「艋舺文人」廖漢臣的民間傳說原型

臭水庄，廖添丁。展腳巾，飛厝頂。
劫橫財，去助貧，義賊名，透全省。[1]

猶記得小時候看漫畫、故事書、布袋戲、電視劇，甚至是舞劇[2]裡幾乎都有類似說唱廖添丁落草為盜、劫富濟貧的故事，對於一個成長於上世紀六、七〇年代以後的孩子

1 清水鎮（地方念謠）／林沈默。

2 隨著時光流轉，以廖添丁為題材的劇場演出一直未有間斷，較著名者如「雲門舞集」的舞劇《廖添丁》、「國立國光劇團」的京劇《廖添丁》、「清水劇團」的社區劇場《清水有個廖添丁》、「明世界掌中戲團」的掌中戲《俠盜廖添丁》、「大稻埕偶戲館」的《義賊廖添丁》系列等等；電影方面則曾經出現過多部以廖添丁為題材的電影；電視則有華視的《義魄》、台視的《廖添丁傳奇》與《台灣廖添丁》、三立都會台的《新戲說台灣——少年廖添丁》等；其他還有許多講唱藝人如楊秀卿的表演。廖添丁在不斷複製及再現的過程中，成為歷久不衰的台灣劇碼之一。

《台北城下的義賊廖添丁》廖毓文著、葉宏甲畫／1955／台北：南華出版社
書影提供／楊燁

來說，每每能在廟口野台聽江湖藝人述說廖添丁的俠義傳奇，又或者更幸運的話，如能盼望每個月向父母拿到零用錢五塊買一本《學友雜誌》翻閱當期連載小說〈台北城下的義賊廖添丁〉就算是一種莫大的幸福了。翻開一頁頁回憶，想像著租書店小說與連環圖畫裡的傳奇冒險，乃是以往灰黯的升學惡補日子中，最鮮麗的色彩。當年在《學友雜誌》上，作家廖漢臣（筆名文瀾、毓文，一九一二—一九八〇）根據日警手冊和參酌民間傳說，把廖添丁的一生寫成了〈台北城下的義賊廖添丁〉，起初先行刊載了四期而受到廣大讀者歡迎，後因事忙輟筆，讀者又繼續寫信要求「學友雜誌社」催請續稿，廖漢臣為酬答讀者的盛意，遂繼續執筆，並將之輯錄成單行本付梓問世，日後有關廖添丁流傳的相關故事大抵也皆以此書為藍本，甚至包括戰後六、七〇年代台灣坊間陸續出現的諸多版本如《抗日義賊廖添丁》、《義俠廖添丁》、《義賊廖添丁》、《義魄廖添丁》等，其內容情節亦一貫出自廖氏筆下《台北城下的義賊》原書。

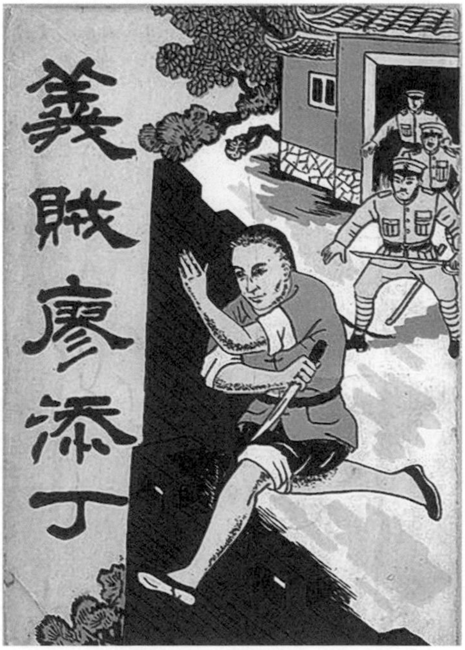

《義賊廖添丁》廖毓文著／1962／台北：文藝出版社
書影提供／楊燁

回溯日治時期自幼生長於台北艋舺（萬華）地方的廖漢臣，早年曾當過書店店員和印刷工人，在某天偶然機會下讀了永井亨《社會學》一書，從此矢志向學，並利用夜晚時間刻苦自習寫作。三〇年代期間，廖漢臣先後擔任《新高新報》漢文記者、《東亞新報》台北支局記者，同時積極參與「台灣文藝協會」、「台灣文藝聯盟」、「台灣歌人協會」等社團活動，並擔任《先發部隊》、《第一線》、《台灣新文學》等文學雜誌發行人，從而成為當時推展島內「新文學運動」的健將之一。他除了作為一位懷抱著理想的學者作家之外，也極為關注民間文學，因此他廣泛搜集台灣各地民俗傳說與歌謠，其中《台北城下的義賊廖添丁》即是他綜合民間文獻史料所寫成的一部暢銷通俗小說。

綜覽《台北城下的義賊廖添丁》全書共計二十七章節，每一章節皆設一標題，每一標題皆以四言二句形式點出主要故事內容。故事一開始由廖添丁幼時講起，敘述在廖添丁十四歲時日本開始統治台灣，各地義軍以武力抗日，廖添丁的父親因參與劉永福率隊在彰化起事的義軍而戰死沙場。其間廖添丁接連遭逢各種因緣際會，遂由一方盜寇逐漸轉變為抗日英雄，如是內容不惟展現出某種民族意識與庶民正義的認同過程，亦使得廖添丁故事的意義隨著社會時代背景轉化，誠如作者在序文中寫道：

以前的台北市，有一座堅固的城。這座城是清代建築的，在日本侵佔台灣不久，這座城還高高地聳立在台北市中。有一道又高又厚的城壁，環繞著五個城樓，把城中和城外的住民隔離，分為兩個對立的世界。日本人多居在城內，本省人多居在城外，因為反對日本人的侵略和壓迫，近郊的義民還不斷地繼續著活動。於是，日本人在城內城外，設立了很多很多的治安機構——如守備隊哪，憲兵隊哪，警察隊哪，來壓制本省人，以加強其統治。可是，統治不久，城外大稻埕方面，忽然出現了一個義賊，打家劫舍。神出鬼沒，使日本人那些治安機關，束手無策，把驚惶無能的醜態，完全露暴在本省人的面前。所以這個故事，一時轟動了全省，在這義賊死了後，還有人把他的故事，搬上舞台上去排演，或編入歌詞去傳頌。這義賊是誰？就是那有名的廖添丁。

觀諸序文最末，廖漢臣自言希望讀者除了將此故事作為「一種故事讀」也好，亦可當作「一個時代的血淚的紀錄」來看待。對廖漢臣來說，當時許多台灣人老百姓在日本殖民政府現代化統治之下其實並沒能過上好日子，反倒讓統治者藉機施予人民更大的壓迫和剝削。在小說中他毋寧刻意透過廖添丁來對照出統治者束手無策、甚至被鬧得雞飛狗跳的醜態，其逗趣而諷刺的描述背後正是作家所意欲批判的殖民體制，或許這也是廖漢臣給予廖添丁一個正當化的犯案理由：因為遭受日本人的欺壓、不得已才被逼上梁山。

你不是辜顯榮，我不是廖添丁

話說美國十九世紀有蒙面俠蘇洛（Zorro），英國中古世紀亦有綠林俠盜羅賓漢（Robin

Hood），而提起台灣自日治時期以來最具代表性的民間傳奇人物則合該「廖添丁」莫屬了！傳說中的他不僅能飛簷走壁、武功高強，並還常劫富濟貧、神出鬼沒，時至今日，廖添丁仍是台灣人心目中最膾炙人口的經典故事題材之一。

《義賊廖添丁》廖毓文著／1962／台北：南華出版社
書影提供／楊燁

於此，透過講古說書人以及文學創作者一代又一代的口傳刻劃，有關廖添丁的許多傳奇故事每每參酌其他同時期台灣地方文獻與史實予以穿鑿附會並加諸誇大渲染，當年雖是總督府的頭號緝捕對象，但民間人士卻習以「義賊」稱之。例如廖漢臣在《台北城下的義賊廖添丁》這部小說裡，便逐一描寫了廖添丁曾幫助余清芳護送起義用的槍枝、保護台灣米酒配方所有人徐祥教授、到台北辜顯榮家借錢並且公然盜取台灣總督官印、仗義資助吳郭魚培育者吳郭清，甚至還鋪陳結識了西螺七嵌阿善師等天馬行空的想像情節。

其中，關於廖添丁向辜顯榮（勒索）借錢一事，在各種官方檔案以及文獻史料皆無記載可尋，然而這段軼事卻早在民間廣泛流傳，並被廖漢臣寫入了《台北城下的義賊廖添丁》，小說當中同時也頗為詳盡地描述辜家富庶面貌，以及廖添丁結夥好友紅龜來到御用紳士辜顯榮開設的大和行偷竊錢財以幫助窮人等橋段，迄今鹿港地區仍流傳著這樣一句諺語：「你不是辜顯榮，我不是廖添丁」，此即意味著民間傳說中的廖添丁與辜顯榮彼此向來都是死對頭，這句話乃用來規勸人們不要沒事互找麻煩。然而，實際上廖添丁雖然並沒有向辜家進行勒索行竊，但許多流傳故事卻時常將他們相提並論、甚至藉此嘲諷辜顯榮的尷尬處境，顯見當時一般民眾對於與統治者關係良好富商的負面觀感不言而喻。

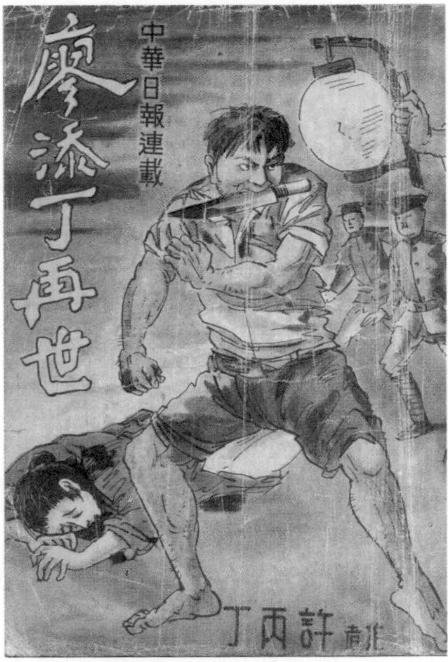

《廖添丁再世》許丙丁著／1957／藝昇出版社
書影提供／楊燁

最後在《台北城下的義賊廖添丁》小說結尾處，作者廖漢臣另附了一篇標題為「兇賊廖添丁之靈托夢」的新聞，並說明此新聞採錄於民國四十四年一月三日《台灣公論報》「台灣風土」，該篇內容主要說明廖添丁死後葬於荖阡坑，於是民間開始流傳向廖添丁祈求諸事靈驗之說，但若未辦牲禮，廖添丁將會託夢斥責。此宗鄉野奇譚或許正反映出一般老百姓心中的想望：期盼廖添丁死後轉換形體、進而昇華成某種精神形象來延續其生前行俠仗義的志業。

託夢附體、化身義魄

根據台灣總督府的官方檔案資料[3]記載，廖添丁乃臺中廳大肚上堡秀水庄（今清水鎮）人，八歲時父親過世、母親改嫁，十八歲時開始犯案。明治四十二年，因犯下偷竊警槍彈藥及佩劍案而開始受到警方的高度重視，其後又犯下林本源家搶案、基隆槍殺密探陳良久案，以及八里坌五股坑保正李紅家搶案等，最終被楊林以鋤頭擊斃於八里坌觀音山區。當年針對這一連串新聞事件不僅引發了台灣社會輿論大肆渲染，且自廖氏亡故隔年起，漢文《台灣日日新報》即接連以「雄鬼為厲」、「鶯啼燕語」為題，彷彿時下八點檔連續劇般、以戲劇性筆觸鉅細靡遺地回顧廖添丁如何謀劃各項刑案、如何運用巧技死裡逃生、乃至最後死因真相為何等案情報導，所謂「廖添丁效應」乃逐漸在民間發酵，許多民眾紛紛在私下前往廖添丁埋葬之地祭祀，而有關廖添丁的靈

3 參見「台灣總督府公文類纂」〇五一五八冊四三件，該份檔案係臺北廳長井村大吉向台灣總督府陳報緝捕廖添丁之始末報告。內容敘述日本警方如何派遣臥底向廖添丁之友人楊興打聽其藏匿處；利用廖之同夥劉份、楊林及廖之情婦設定逮捕計畫；以及圍捕行動過程等。最後廖添丁被楊林以鋤頭擊斃於觀音山尖山尾。

異事蹟也很快在市井大眾茶餘飯後耳語間傳播開來，民間甚至一度謠傳廖添丁「其實並未死去」、「英魂顯靈治病」[4]等，類似這些傳言自然成了說書人及小說家的最佳創作題材。

廖添丁台北市人二十七歲，平日打家劫舍，取富助貧，固屬狂悖，然而意在擾亂日本政府治安，以報亡國戴天仇恨，草澤忠孝，實是難得，及查生死簿，該享年壽七十有二，嗣因崔判官醉眼迷離，顛倒錯看，藉害理昧良之手，勾引靈魂，死於非命也，應免罪還陽，據報肉身埋沒，准予投胎轉世烏龍村，為楊萬寶享年四十五歲。

此乃早年「台南秀才」許丙丁（一九〇〇—一九七七）筆下撰述《廖添丁再世》書中一段開場白，故事內容主要敘述廖添丁死後來到陰間，卻因為地府判官誤看生死簿，而錯將原本該有七十二歲壽命的廖添丁在他二十七歲時即拘提至枉死城，於是閻羅王

---

4 廖添丁死後，日本官員松本曾立碑祭拜，不久後日本政府嚴禁，久而久之漸漸湮沒於荒煙蔓草中，後人感其忠義而建一小廟，且就在廟正殿右方立有一石碑，上刻「明治四十二年十一月十九日／神出鬼沒廖添丁之墳墓／松本建之」。據說松本為當時圍捕廖氏官員之一，在廖氏死後，松本的妻子突患怪病群醫束手無策，後在鄉人規勸之下，替廖氏立碑，並加以祭拜，不久其妻竟然不藥而癒。另根據明治四十三年（一九一〇）一月十六日漢文《台灣日日新報》記載：「廖添丁之墓。該地之人多有持香禱求者。以為生時兇猛。死後必為雄鬼。凡感冒及諸時病等。皆往該墓前乞庇。有偶占勿藥者。遂引為廖之靈。遠近相傳。信以為真。一時膜拜者。絡繹不絕。數日間。而墓前已無插香地矣。迷信如斯。宜速說諭。以解其惑。」（七版，又噓雄鬼）。二月二十二日，該報又刊出一篇題為「雄鬼為厲」的報導，指出某位祈求廖公治病的村民，病癒後未履行諾言酬謝，而被廖公託夢責怪的傳奇：「兇賊廖添丁既死。好事者為立柱于其死所。題曰廖添丁之墓。後因祈禱者多所靈驗。自是香火不絕。十日來詣之者殆數百人焉。聞有村民因病往禱。癒不之謝。一夜竟夢見添丁來。責其負德。且云再爾罰且至。村民懼。卒宰豕牽羊往謝。竝為優戲。于是乎村蒙愈相驚以神矣。南人尚鬼。由此可見。然所見抑何不明也。」（五版，雜報）

判他再度投胎轉世，並且喚名「楊萬寶」。

相傳《廖添丁再世》一書作者許丙丁從小就喜歡在老家附近的關帝廟、下太子廟、大天后宮聽老講古師講述民間傳奇故事如《三國演義》、《水滸傳》、《濟公傳》、《彭公案》、《施公案》、《七俠五義》等，年紀輕輕便已在詩文鼎盛的台南府城享有盛名，時人稱他：「功文墨，喜漫畫，能文而兼情詩，幽默而且風流，善南腔，而擅北調，慣作流行新曲，時為古風鄉歌，興之所至，作優孟以登場，情或不禁，為周郎而顧曲。」一生多才多藝、休閒興趣廣泛的許丙丁，早於一九二〇年考入「台北警察官練習所特別科」擔任台南州巡查，在職期間曾以台南地方各寺廟神祇為素材，並參酌街談巷議傳說寫成章回小說《小封神》發表於「南社」創刊的《三六九小報》，後來還把他親自參與緝捕大盜楊萬寶的個人經驗輾轉寫成了《廖添丁再世》，這部作品起先於《中華日報》上連載，文中附有標題詩曰「廖添丁靈魂不散，閻羅王秦鏡高懸，結案情添丁再世，發枝葉萬寶初生」，並以搭配自繪插畫同步發表，深獲讀者好評，旋即彙編出版單行本。

彼時約莫六、七〇年代期間，此書不僅流傳甚廣，並且還被坊間出版商拿來與廖毓文的《義賊廖添丁》（也就是先前的《台北城下的義賊廖添丁》）將二部合併編為《義俠廖添丁（全集）》一冊（但都未標原書名），其中有部分情節大略和許丙丁以日文筆名「本山泰若」發表於戰前四〇年代的辦案實錄《實話探偵祕帖》（一九四四年／嘉

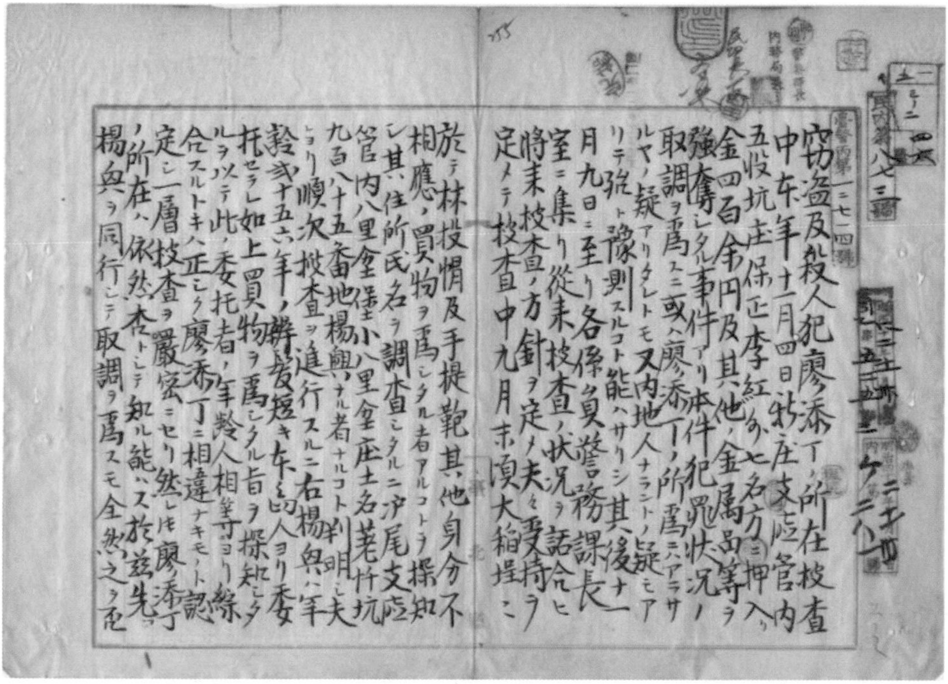

竊盜及殺人犯廖添丁ノ所在捜査
中本年十一月四日新庄支廳管內
五股坑庄保正李紅外七名方ニ押入リ
金四百余円及其他金屬品等ヲ
強奪シタル事件アリ本件犯罪状況ノ
取調ヲ為スニ或ハ廖添丁ノ所為ニアラサ
ルヤノ疑アリタレトモ又内地人ナラントノ疑モア
リテ殆ト豫測スルコト能ハサリシ其後十一
月九日ニ至リ各係員警務課長
室ニ集リ従来捜査ノ状況ヲ話合ヒ
將来捜査ノ方針ヲ定メ夫々受持ヲ
定メテ捜査中九月末頃大稻埕ニ
於テ林投帽及手提鞄其他身分不
相應ノ買物ヲ為シタル者アルコトヲ探知
シ其住所氏名ヲ調査シタルニ滬尾支廳
管內八里坌堡小八里坌庄土名菁桁坑
九百八十五番地楊輿ナル者ナルコト判明シ夫
ヨリ順次捜査ヲ進行スルニ右楊輿ハ年
齡弐十五六年ノ辮髮短キ本島人ヨリ委
托セラレ如上買物ヲ為シタル旨ヲ探知シタ
ルヲ以テ此ノ委托者ノ年齡人相等ヨリ綜
合スルトキハ正シク廖添丁ニ相違ナキモノト認
定シ一層捜査ヲ嚴密ニセリ然レトモ廖添丁
ノ所在ハ依然杳トシテ知ル能ハス於茲先ヅ
楊輿ヲ同行シテ取調ヲ為スモ全然之ヲ否

《台灣總督府公文類纂》第05158冊43號明治42年（1909年12月10日），〈台北廳 外一廳—— 竊盜及殺人犯廖添丁ノ所在搜查始末等報告文件〉
資料來源國史館台灣文獻館

義蘭記書局印行）書中描寫〈殺人放火鬼楊萬寶〉一章有所雷同，然而在稍晚出版的《廖添丁再世》當中卻增添了不少對抗日本政府的劇情橋段，顯見作者為了讓楊萬寶化身的廖添丁義俠形象更深留人心，乃刻意將其竊盜之舉賦予正當化呈現，並加入具有戲劇效果的細節陳述，因此便能有餘裕在被追捕的緊張時刻、悠閒地跨著步哼著歌，還把氣急敗壞日警丟在身後，故事裡當然也不斷強調他鋤強扶弱、劫貧濟富的諸般情節。

腳巾一丈飛簷走壁

今朝有感於時光流逝、歲月蹉跎，許多童年印象也跟著褪淡，這時，唯有說書人透過廣播口語形式化身的俠盜「廖添丁」卻活生生從記憶中跳出來懲惡鋤奸。

回憶過去仍能四處遊走於街坊巷弄嬉戲的那些年，確實是有些傳說中的偶像人物一度讓不少台灣囝仔曾經幻想過要前往某處不知名深山習得蓋世武功的虛構情節，其中一個便是那時人人耳熟能詳「轟動武林、驚動萬教」的電視布袋戲尪史豔文，除此之外名號最響亮的，無疑當屬吳樂天每週定期在廣播電台開講「頂港有名聲，下港有出名」的台灣英雄廖添丁。

特別是，每當吳樂天講起廖添丁如何在千鈞一髮之際脫離險境、如何將身後追捕的日警與惡棍玩弄於股掌之際，諸如此類的驚險橋段最是教人聽得如癡如醉，而其中尤令我印象深刻的，便是故事裡廖添丁經常賴以脫身逃亡的一樁獨門絕技——「腳巾」。從收音機裡聆聽，不時穿插賣藥廣告的說書人總是強調他（廖添丁）身上纏有一條長一丈二的腳巾，平日用來做腰帶，遇有危難便往屋頂上一甩、一端捲附於屋梁或樹幹，順勢縱身一跳，即可攀上高處躲藏或逃走，臨敵時甚至還能奪刀槍、取人性命。這不禁讓我聯想小時候讀到金庸小說有一門輕功叫做「梯雲縱」，按字面上解釋，可以理解為「以雲為梯的縱躍動作」，乃是一種充滿浪漫想像的神奇武技，而廖添丁僅僅以一條繫於腰間的普通長布帶便能同樣發揮飛簷走壁之效，這簡直就是出神入化，並且近乎寫實得甚至能夠讓當時許多孩子們發自肺腑地相信：世上真有存在「輕功」這回事、人是可以飛的。

試想：只需近在身旁的某些平凡物件，比如一陣清風、一朵白雲，或者一條深藍色纏腰的「腳巾」，便能隨時輕踏凌空、御風而去，這是何等的浪漫與動人的想像！

極盡想像之能：從鄉野傳說到國族寓言

懷想當初整個七、八〇年代這二十年間，只要一提起人稱「鑽石嘴」的廣播名人吳樂天，幾乎就和「廖添丁」三個字畫上了等號。

《義俠廖添丁》（全集）／許丙丁著／1974／台中：
重光書店
書影提供／楊燁

《義俠廖添丁》／陳銘磻改寫／1979／台北：
博學出版社

自幼生長於台南新營的吳樂天，家中務農之餘亦兼賣草藥，小時候為了幫忙負擔生計，遂加入布袋戲班擔任兩年學徒，也曾跟著賣蛔蟲藥的商人學習江湖賣唱推銷的技巧，在此時期打下良好的河洛語基礎。學成後，吳樂天即騎著腳踏車、載起藥箱走遍全台，途中所見所聞便成了他日後講古說書的豐富題材。十七歲那年（一九六四），他開始在廣播電台中賣藥，為吸引聽眾注意，乃將廖添丁的故事穿插在賣藥廣告間，想不到此一說書節目竟大受聽眾歡迎，不僅在傳媒界從此闖出了一片天、更讓吳樂天成為當年家喻戶曉的廖添丁頭號代言人。

民國六十六年（一九七七），吳樂天正式在民本電台開講《傳奇人物廖添丁》節目，從最初在十家電台聯播、隨之擴增至二十八家，由於聽眾回響熱烈，民本電台更趁熱發行了一本名為《傳奇人物：廖添丁專集》的小冊子，專集中除介紹《傳奇人物廖添丁》的製作人員與主講人吳樂天，並為該節目裡出現的每個重要角色立傳，而除了在電台講古之外，吳樂天也在台北市華西街開設了「台灣民俗館」每週定期說書開講，熟悉的聽眾皆知他講古不帶劇本，一個簡單的本事大綱到了嘴裡，立即變成曲折離奇的傳奇故事，細膩講述各個人物性情彷彿呼之欲出，充分顯示他驚人的組織思維能力和口語技巧。

此處若大致歸結吳樂天講古之所以能夠迷倒眾生的原因，一部分固然來自他早年際遇坎坷而豐富的生命閱歷，另一部分則毋寧得受益於他平日酷愛讀書的習慣，特別是他比較喜愛的翻譯小說如《基督山恩仇記》、《雙城記》、《塊肉餘生錄》往往一讀再讀，以及其他一些中國傳統章回小說《水滸傳》、《紅樓夢》、《三國演義》、《西遊記》等，據說他每隔一段時間幾乎都要回頭重讀。

當時，無論是在電台或民俗館開講，吳樂天總是一再強調：「講古不是為了營利，而是為了保存台灣語文盡一己之力，帶著文化的使命感」等云云。巧合的是，昔日就在他掀起民間說書熱潮的這段期間，恰好正值「鄉土文學」興盛之時，許多新興年輕作家紛紛主張文學應根植於土地，包括早年嘗在「報導文學」、「紀實文學」這塊領域耕耘的寫作者如陳銘磻、心岱皆有傳述廖添丁事蹟的相關著作陸續問世。前者根據許丙丁的《義俠廖添丁》原著進行改寫而成另一同名著作，後者則是參酌部分田野文獻訪談並委以小說創作形式寫出了《紙鳶：廖添丁的故事》[5]，後來（一九七七）時報文化將之重新出版，更名為《俠盜正傳——廖添丁》。

同樣地，彼時因應市場潮流所趨，吳樂天也把他曾經講過的廖添丁故事內容轉化為文字、彙整輯成《台灣英雄廖添丁》一書於解嚴之後隔年（一九八九）出版，還找來了當年甫獲日本講談社頒發「最優秀漫畫大賞」的台灣漫畫家鄭問繪製書籍封面。但觀

5 此書最早面世於一九七五年心岱在《聯合報》副刊連載一年的專欄文章，並於一九七六年由皇冠叢書集結出版《紙鳶：廖添丁的故事》，據說銷售了一萬多冊（這個數目即使在今天也是驚人的），而作者對廖添丁的評價是：年僅二十七歲的廖添丁，生前人們稱他「大賊壺」，死後人們稱他為「台灣魂」，並在他的墓塚之處興建「漢民祠」祭祀為神。從「草莽」到「英雄」，從「壞人」升為「神格」。

其書中所錄，吳樂天早已完全脫離了前人的傳說架構，並且極盡想像之能，將廖添丁故事發展得令人瞠目結舌。比方在吳樂天口中的廖添丁絕非區區一介粗鄙流氓，而是個知書達禮、武藝高超的知識分子，更參與了許多歷史上大規模的抗日事蹟，譬如包括「噍吧哖事件」余清芳密謀策畫起義前，廖添丁義務從梧棲護送槍枝到永康，以及為了讓台灣米酒製造圖不落入日本人手中，而幫忙護送持有者到台北會見美國領事，甚至還公然向總督府下戰帖、演出轟動國際的盜印事件等。除此之外最教人拍案叫絕的是，在他持續二十年來透過電台媒體不斷「講添丁、說添丁」的過程中，吳樂天顯然也彷彿「英靈附體般」將自己幻想成了廖添丁的人間化身，接連在《台灣英雄》、《台灣鏢局》與《台灣小調》（一九八七）等一系列廖添丁主題電影裡親自擔綱演出荒誕的悲劇英雄角色。

或許，所謂的英雄落難、民族情結大抵莫過於此！綜觀廖添丁短短的一生，相對於日治時代的台灣社會自有一份壯烈的淒美，且能在後世傳頌不絕。衡諸戰前日本殖民統治、戰後國民黨政府遷台迄今的百餘年來，最初以廖漢臣、許丙丁的民間文學為發軔，繼之不斷透過文字和口語形式的流傳、轉化，並且因緣際會發展到了吳樂天的廣播說書，其間各個不同時期、不同版本媒介的廖添丁傳奇無疑承載了許多台灣歷史當中包含人性部分的掙扎與寄託，這些故事不惟使得廖添丁化身俠盜英雄的種種作為超越了個人範疇，進而呈現出一個足以代表台灣人尊嚴的精神形象，乃至最終輾轉昇華成為一種政治象徵、一則國族寓言。

《台灣英雄廖添丁》／吳樂天著／1989／台北：時報出版社

久違了，怪盜與名偵探
閑話早期亞森．羅蘋與福爾摩斯在台灣的版本閱讀史

從我幼時開始懂得識字以來，便與書本結下了不解之緣。小時候（大約七歲時）隨父母從老家三重埔遷居到了中永和一帶，不惟住家附近幾乎沒有一間專門的書店可逛，且家人們皆不喜好閱讀，鄰近親族裡也沒有愛看書的長輩能夠經常帶我前往市中心的重慶南路書店街還是牯嶺舊書街開開眼界。這樣的環境，雖說實在稱不上有什麼得天獨厚的「書香氣息」，可我卻是很能另闢蹊徑自尋讀書之樂的。

依稀回想八歲那年（一九八三），台灣首家連鎖書店「金石堂」才在台北汀州路剛剛開張，但那時的我尚未能躬逢其盛。想當初最先惠我啟蒙的那份書緣反倒落在了鄰近社區巷弄零散分布的坊間書局身上。這些店家雖掛名曰「書局」，實際上仍以販售日用文具居多，書籍只作為附屬，擺放店內的書種數量極其有限，最常見的差不多都是些言情小說、理財登龍術（即所謂「發財祕笈」）、科普雜誌、兒童教養讀物，要不就是一般家庭主婦所需的食譜或保健養生書。

如今看來似乎有些乏善可陳，但過去這些並不太起眼的小書局無疑是滋養我日後浸淫閱讀蒐書習癖的一處重要起點。

還記得一開始是被書櫃裡那一排排鮮明搶眼的二十五開平裝黃色書皮所吸引，封面上每每出現佩戴單片眼鏡神情冷峻兼有幾許神祕感的主人公正是法國偵探小說家莫理士．盧布朗（Maurice Leblanc,1864-1941）筆下構撰多部冒險傳奇的怪盜亞森．羅蘋

（Arsène Lupin）。在無時不刻頻遭危難的驚險劇情當中，經常以變裝易容面貌出現、行事作風亦正亦邪的亞森・羅蘋，每逢千鈞一髮之際總能出人意料地施展「金蟬脫殼」絕技來化險為夷，他不僅隨時都能瀟灑自若地應付各種打鬥場面，身旁更不乏美麗而又危險的女人環繞。對於乍逢初開嗜書脾胃的年少讀者來說，這位幾乎「無所不能」又專事「劫富濟貧」的俠盜男主角還真是挺有魅力。

就這樣，台灣東方出版社於八〇年代初期甫推出每本定價六十五元、全套三十冊注音版《亞森・羅蘋全集》不知「偷」走了當年多少孩童們構築偶像英雄幻想的閱讀心思，其風靡程度之廣，遠超過同一時期亦由東方出版社編譯的另一套《福爾摩斯探案》，就連早期知名漫畫《小叮噹》（今稱「多啦A夢」）短篇裡也都有怪盜亞森・羅蘋的主題單元，而不光只是男孩子崇拜他，許多女孩子同樣更為他迷戀不已。一九八九年，那時剛升上國中沒多久，從早期「飛鷹三姝」女子團體起家爾後才開始單飛出道的女歌手伊能靜，在發表《悲傷茱麗葉》專輯裡即以一曲甜美清亮的主打歌〈怪盜亞森・羅蘋〉迷倒眾生：

怪盜你是亞森・羅蘋，從不錯過的自信
怪盜你是亞森・羅蘋，將要佈下陷阱
怪盜你是亞森・羅蘋，迷惑我少女的心
怪盜你是亞森・羅蘋，不需要言語，偷走我心想念起小學時趁午休空檔偷看《奇巖城》、《棺材島》被老師抓包的畫面，在那迷戀亞森・羅蘋的黃皮書時代，每每讓不少學生都無心上課了。從小說當中，我們都曾經共同見證了這位熟識的主人公歷經一次又一次光怪陸離驚險刺激的傳奇遭遇，在愛不釋手地閱讀完畢之後，更迫不及待地期盼下一集的冒險故事。

有一天，當我偶然從家中儲藏櫃裡翻出那零星幾本已經存放將近二十年的亞森・羅蘋，恍然竟有種時光倒流回到老家的感覺，遙想昔日童年最大的願望之一，就是把每個月手頭上有限的零用錢拿去慢慢蒐齊一整套東方出版社的《亞森・羅蘋全集》。孰料，我的課外興趣實在頗雜，於此生之中第一套激起我蒐藏念頭的《亞森・羅蘋全集》始終沒有太認真去達成蒐全三十冊的既定目標，再加上還有被同學借去不還的，蒐集數量總是維持在十幾本而已，但也並不因此感到多少遺憾。

版本的考掘——從「東方出版社」到「啟明書局」

上世紀初由莫理士・盧布朗所創造出來的怪盜羅蘋，除了在自家法國一直受到喜愛之外，其他地方國家大抵就屬日本與台灣對羅蘋最為狂熱，不惟當代知名推理作家北村薰（一九四九－）、逢坂剛（一九四三－）公開暢言自己對羅蘋的喜愛，而特別在戰後七、八〇年代初涉童蒙閱讀階段的不少台灣五、六年級生可說幾乎都是追讀亞森・羅蘋長大的。

「怪盗ルパン全集」《奇巌城》／南洋一郎著／ 1971年／ポプラ社
封面圖繪／奈良葉二

「怪盗ルパン全集」《怪盗紳士》／南洋一郎著／1971年／ポプラ社
封面圖繪／奈良葉二

台灣早期根據莫理士・盧布朗原著小說《813》（1910）的兩個譯本：
左圖為「東方出版社」譯自南洋一郎改寫《怪盜ルパン全集》的《8・1・3的謎》，右圖為「啟明書局」應文嬋掛名譯者的《無窮恨》譯述版本。

然而，此處值得一提的是，當年許多人（包括我）其實並不很清楚「東方出版社」發行這套三十冊令人緬懷回味良久的《亞森・羅蘋全集》黃皮書版本究竟源出何處？多年來竟還以為全是書頁裡掛名「法・盧布朗原作」！事實上，正當我們兀自回顧童年記憶並沉浸於某種懷舊氛圍的同時，卻已早將一個不該遺忘的幕後功臣給忽略了。

南洋一郎（本名「池田宜政」，一八九三—一九八〇）。

這位戰前三〇年代曾以少年冒險小說崛起日本文壇的推理作家，晚年在他六十六歲時（一九五八）開始著手將盧布朗《亞森・羅蘋》原作小說改動譯寫成為適合日本兒童青少年的普遍讀物（即所謂「子供取向」）。經過多年耕耘之後，以出版兒童文學暨海內外創作童話為主力的日本東京「ポプラ社」，終於在他去世那年（一九八〇）完成了一套共三十卷的《怪盗ルパン全集》公開發行，而我們過去所熟悉的台灣「東方出版社」黃本《亞森・羅蘋全集》即根據此一日本童書版內容連同封面插圖完全照本宣科翻譯過來。

原來，我們小時候熟悉的亞森・羅蘋，其實是日本人加工後的形象。其中為了讓原著小說更顯流暢通俗、劇情張力更加緊湊，南洋一郎特別針對《怪盗ルパン全集》進行相當大幅度的改寫，有些篇章段落相較於原著內容差異之大，幾乎成了改寫者自編自導，甚至《金字塔的祕密》這一部作品從頭到尾根本就是南洋一郎假託「盧布朗」之名的全新創作。

大抵來說，在受限於兒童文學倡揚社會正義倫理價值觀的前提下，原著裡風流倜儻的亞森・羅蘋經常和女人接吻偷情劈腿等諸多「兒童不宜」的限制級橋段理所當然地都被「淨化」了，而在性格方面更多強調的是他劫富濟貧愛國愛民的「民間義俠」形象，種種「美化」手法，使得改寫版《怪盜ルパン全集》的羅蘋魅力在某些層面簡直更超過了原作Arsène Lupin的羅蘋！

從版本改寫差異而得來的英雄崇拜情結，如今回想起來，很多像我這一輩的台灣囝仔在童年時代之所以會拜倒在亞森・羅蘋魅力之下是有道理的。作為戰後台灣早期推展兒童少年讀物的大家長，位於衡陽路與重慶南路街口、素為老台北人熟悉的「東方出版社」甫從日治時代「新高堂書店」接手轉型經營未久，由於大環境的條件限制，當時能夠找到的日語譯者一般遠較歐美外語人才為多，因此編纂《亞森・羅蘋全集》捨棄從法文原著直譯、轉而採取從日文改譯的做法乃為無可厚非。

追本溯源，起初莫理士・盧布朗（Maurice Leblanc）撰寫亞森・羅蘋系列小說最早於一九一八年上海「中華書局」翻譯出版《亞森羅蘋奇案》[1]、《水晶瓶塞》[2]首度登陸中國。

---

1 [法]瑪麗瑟・勒勃朗著；常覺、覺迷譯，一九一八年一月初版，《亞森羅蘋奇案》，上海中華書局。譯自原作小說 *Arsène Lupin, Gentleman Cambrioleur*（一九〇七）。

2 [法]瑪麗瑟・勒勃朗著；常覺、覺迷譯，一九一八年一月初版，《水晶瓶塞》，上海中華書局。譯自原著小說 *Le Bouchon de cristal*（一九一二）。

二〇年代初期，隨著西方偵探小說逐漸引起中國讀者廣泛關注，上海「大東書局」因而委請孫了紅（一八九七—一九五八）、周瘦鵑（一八九五—一九六八）、沈禹鍾等人合譯《亞森羅蘋案全集》（一九二七），當時孫了紅甚至還模仿小說原著另行創作了一齣《俠盜魯平奇案》（一九二三）描寫俠盜豪傑盜竊富商珍藏古畫並與偵探對手鬥法的故事，書中主人公「魯平」堪稱中國式本土化的亞森羅蘋，身兼俠、盜二職的他，同樣也是風流倜儻玩世不恭，並還藐視法律自掌正義。

一九三六年，「中華書局」創辦人沈知方之子沈志明於上海設立「啟明書局」，店址位在福州路三二八號。為了長期替廣大青少年讀者提供課外讀物，「啟明書局」大量翻譯出版了《福爾摩斯探案集》、《亞森羅蘋俠盜案》、《魯濱孫飄流記》、《少年維特之煩惱》、《小婦人》、《愛的教

《亞森・羅蘋案全集》／孫了紅、周瘦鵑、沈禹鍾編／1927／上海大東書局
書影提供／舊香居

《俠盜魯平奇案》／孫了紅著／1923／上海中央書店
書影提供／舊香居

育》、《北歐小說名著》等一系列小三十二開、封面印有內文相關圖片的世界名著普獲好評，而所有這些小說裡的人物主角幾乎都說著一口濃濃的民國時期白話文藝腔。

爾後，遭逢二次大戰結束，一九四九年國府全面遷台，「啟明書局」也從上海市福州路搬遷到了台北市重慶南路，原本由沈志明妻子應文嬋（一九一二—一九八七）掛名譯者的[3]《亞森羅蘋俠盜案》亦改作《亞森羅賓案》，是為戰後台灣島內最先行流傳面市的譯本。

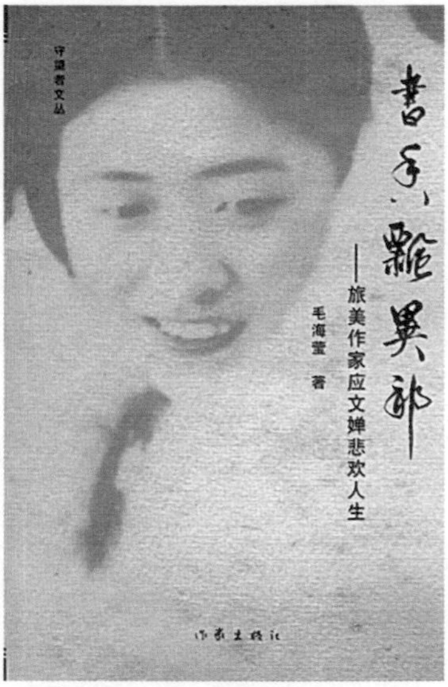

《書香飄異邦——旅美作家應文嬋悲歡人生》／毛海瑩著／2008／作家出版社

豈料命運弄人的是，一九五八年台灣啟明書局經理沈志明、應文嬋夫婦因發行《長征二萬五千里》[4]及翻印出售馮沅君所著《中國文學史簡編》被認為涉嫌「為匪宣傳」遭拘捕，經過友人多方遊說奔走，這宗案件最後雖得以宣判無罪釋放告終，但仍對「啟明書局」在台從事出版傳播理念造成了相當程度的傷害。一九六〇年應文嬋利用赴美考察之便，隨即在美西華盛頓大學修習圖書管理學，學成後任職於史丹佛大學胡佛

3 台灣「啟明書局」出版的《亞森羅賓案》系列六本，皆署名應文嬋譯述，其實是出自大陸譯著林華和姚定安的譯筆。
4 即斯諾之《紅星照耀中國》。

研究所中文資料部。自此之後，直到她臨終前都未曾再重回台灣這片土地。

倘若譯述出書之人不幸落難，書的命運往往也就隨之凋敝了。

由於彼時國府白色恐怖政治迫害之故，再加諸翻譯文字本身的語言隔閡（那時剛脫離日本殖民時代的大多數台灣讀者，難以適應民初白話文風），於是就在短短幾年內，台灣「啟明版」全套《亞森羅賓案》和《福爾摩斯探案集》旋即在書店架上蕭然隱退，漸成了舊書攤邊愈難得見的絕版品。而其間所造成的出版文化斷層，自然也就無可避免得從鄰近日本翻譯圖書來填補了。

自六〇年代以降，許多在版權頁上並不註明原譯者出處的日文譯書陸續引進台灣，那段期間以同一系列小說主角最受讀者歡迎的，除了譯自南洋一郎改寫的《亞森・羅蘋全集》外，另外還包括了戰前出身日本陸軍士官學校、並曾擔任東京《朝日新聞》記者的冒險小說家山中峯太郎（一八八五－一九六六）編撰童書版《名探偵ホームズ全集》，這便是一九六〇年代台灣最早普遍常見的東方出版社二十冊《福爾摩斯全集》。從商業銷售層面來看，當時東方出版社針對國內中小學生族群先後推出《福爾摩斯全集》、《亞森・羅蘋全集》譯本無疑相當成功，不僅長期熱賣一版再版，甚至還在發行三十多年後接續推出了「革新版」。

若再比較東方版《亞森・羅蘋全集》當年在台灣受讀者歡迎的程度之所以更甚於另一套先行發售的《福爾摩斯全集》，編纂者南洋一郎簡練流利的譯寫文筆固然居功厥偉，但我私下以為，負責該書系封面圖繪的奈良葉二、中村猛男、清水勝、柳瀨茂、岩井泰三等插畫家同樣也功不可沒。譬如，日文原版《怪盜ルパン全集》黃皮封面由於直接繪以人物圖像搭配書名文字，並未於圖文周邊加上框景，乍看之下其實不太像一般常見的童書設計，而是比較接近手繪海報的精緻畫風，反觀山中峯太郎的《名探偵ホームズ全集》以傳統邊框設計圖案所透露出那份「童書味」就很明顯濃厚許多。

當一本書予人的外觀印象太過刻板定型，有時在市場上反而難以拓展出較大的閱讀族群。或許當時東方出版社譯介這套《名探偵ホームズ全集》編纂成的《福爾摩斯全集》也意識到了這個問題，因而另行延請本地插繪者陳洪濤重新繪製了全套書系封面。後來，儘管「一刀未剪」原著羅蘋小說更在小知堂翻譯下正式推出，但我無論怎樣看它這些新版封面，卻都始終覺得還是不如早期「啟明版」《亞森羅賓案》與「東方版」黃皮本《亞森・羅蘋全集》來得手采躍然耐人尋味。

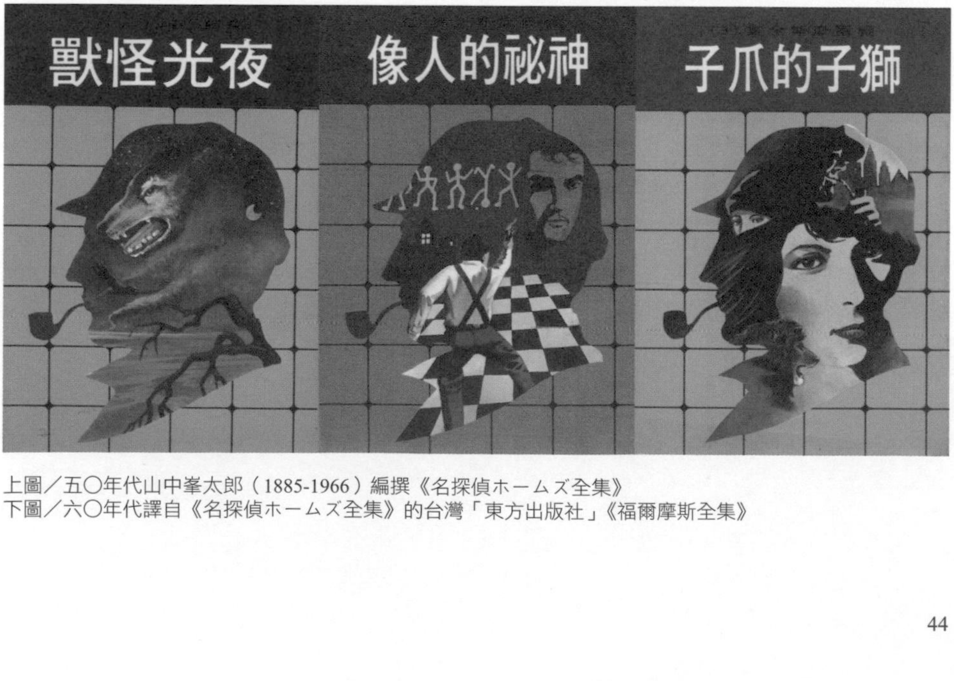

上圖／五〇年代山中峯太郎（1885-1966）編撰《名探偵ホームズ全集》
下圖／六〇年代譯自《名探偵ホームズ全集》的台灣「東方出版社」《福爾摩斯全集》

	書名	版本來源
1.	怪盜亞森・羅蘋	原著小說《Arsène Lupin, gentleman cambrioleur》（1907）改寫
2.	虎牙	原著小說《Les Dents du tigre》（1921）改寫
3.	黃金三角	原著小說《Le Triangle d'or》（1918）改寫
4.	八大奇案	原著小說《Les Huit Coups de l'horloge》（1923）改寫
5.	奇巖城	原著小說《L'Aiguille creuse》（1909）改寫
6.	玻璃瓶塞子的祕密	原著小說《Le Bouchon de cristal》（1912）改寫
7.	棺材島	原著小說《L'Île aux trente cercueils》（1919）改寫
8.	怪盜與名偵探	原著小說《Arsène Lupin contre Herlock Sholmès》（1908）改寫
9.	七大祕密	原著小說《Les Confidences d'Arsène Lupin》（1913）改寫
10.	藍眼睛的少女	原著小說《La Demoiselle aux yeux verts》（1927）改寫
11.	八.一.三.的謎	原著小說《813》（1910）改寫
12.	奇怪的屋子	原著小說《La Demeure mystérieuse》（1929）改寫
13.	消失的王冠	原作者舞台劇作品《Arsène Lupin》（1909）改寫
14.	金字塔的祕密	南洋一郎自編創作小說《ピラミッドの祕密》（1961）
15.	魔女與羅蘋	原著小說《La Comtesse de Cagliostro》（1924）改寫
16.	魔人與海盜王	原作者另外非以羅蘋為主角的小說《Le Prince de Jéricho》（1930）改寫
17.	羅蘋的大冒險	原著小說《Victor de la Brigade mondaine》（1933）改寫
18.	幻影殺手	原著小說《La Femme aux deux sourires》（1933）改寫
19.	羅蘋的大失敗	原著小說《Arsène Lupin, gentleman cambrioleur》部分篇幅改寫
20.	妖魔與女偵探	原作者另外非以羅蘋為主角的小說《Dorothée, Danseuse de Corde》（1923）改寫
21.	名探羅蘋	原著小說《L'Agence Barnett et Cie》（1928）改寫
22.	惡魔詛咒的紅圈	原作者另外非以羅蘋為主角的小說《Le Cercle rouge》（1922）改寫
23.	羅蘋與怪人	原著小說《La Barre-y-va》（1931）改寫，小知堂版《古堡驚魂》
24.	魔女的復仇	原著小說《La Cagliostro se venge》（1935）改寫
25.	黑色的吸血蝙蝠	原著小說《L'Éclat d'obus》（1916）改寫，小知堂版《神秘黑衣人》
26.	惡魔鑽石	Boileau和Narcejac 自編創作[5]《Le Secret d'Eunerville》（1973），又譯《尤拉維爾城堡的祕密》
27.	白色秋牡丹的祕密	Boileau和Narcejac自編創作《La Poudrière》（1974），又譯《火藥庫》
28.	雙面人	Boileau和Narcejac自編創作《Le Second visage d'Arsène Lupin》（1975），又譯《雙面人羅蘋》
29.	羅蘋與殺人魔王	Boileau和Narcejac自編創作《La Justice d'Arsène Lupin》（1977），又譯《羅蘋的制裁》
30.	千鈞一髮	Boileau和Narcejac自編創作《Le Serment d'Arsène Lupin》（1979），又譯《羅蘋的誓言》

[5]法國偵探小說黃金搭檔二人組布瓦洛（Pierre Boileau ,1906-1988）與納斯雅克（Thomas Narcejac ,1909-1998）。

一宗推理小說史上的著名公案：「福爾摩斯」與「亞森・羅蘋」大對決

夏洛克・福爾摩斯（Sherlock Holmes）。

童年的我，是在先認識了亞森・羅蘋之後才知有這號人物。記得大約小學五、六年級時初次讀到東方版《怪盜與名偵探》描寫福爾摩斯為了一樁玄奇命案而受委託來到巴黎的出場橋段，對於接下來他即將和亞森・羅蘋上演的這場世紀對決尤其感到既興奮又期待。

如此間接透過亞森・羅蘋得來的最初印象，當年其實不無偏見地，就在莫理士・盧布朗未獲得原作者允許而全然一廂情願屬意下，硬是把原本只屬於柯南・道爾（Arthur Conan Doyle，1857-1930）筆下的英國名偵探，安排和法國怪盜在同一齣劇碼裡搬演「對手戲」，其結果當然正如盧布朗本人以及那些顯然支持亞森・羅蘋的法國讀者所期待：這位史上最著名的英國大偵探被編派在盧布朗的小說裡純粹只是為了襯托亞森・羅蘋而存在，不僅辦案時幾乎黔驢技窮地喪失了他向來見微知著的「偵探推斷力」屢番受挫於怪盜手中，甚至還在另一部小說《奇巖城》結局裡失手開槍走火打死了羅蘋的愛人。

過去有句俗話說：台上演戲的是瘋子，台下看戲的是傻子。

日前得知新聞報導倫敦與巴黎為搶二〇一二年奧運主辦權的硝煙氛圍幾欲再掀英法大戰，我腦海裡立即聯想到的，竟是小時候身邊一群同學友人不免經常談論福爾摩斯與亞森・羅蘋兩人「鬥法」到底誰勝誰敗的記憶畫面，雙方彼此壁壘分明的「羅蘋迷」（Lupin' fans）與「福迷」（Holmes' fans）兩派粉絲總是為了各自心目中的小說偶像而僵持不下，其中最常見摩擦爭執的引爆點，絕大部分即是根源於這部惹人爭議的《怪盜與名偵探》。

話說十九世紀末英國推理作家柯南・道爾在他三十四歲時棄醫從文，並以寫作一系列福爾摩斯探案小說而聲名大噪，使得倫敦貝克街寓所的主人公Sherlock Holmes頓時成了歐洲讀者心目中家喻戶曉的英雄人物。這對於當時英法兩國仍處於百年世敵狀態、無論在任何方面都不甘示弱的法蘭西人來說簡直難以忍受：既然英國文壇誕生了這麼一位風靡世界的超級偶像，那麼他們怎能容忍英吉利海峽對岸的福爾摩斯獨自一人大顯神通風光無限！

繼柯南・道爾於二十九歲（一八八五）寫下第一部福爾摩斯偵探小說《血字的研究》，二十三年後（一九〇七）的法國小說家盧布朗亦開始全職撰寫亞森・羅蘋系列連載故事。此後，豈容寂寞的法國文壇終於自恃有了一個能夠和福爾摩斯相提並論、且同樣堪稱博學多識智計百出的偶像英雄。

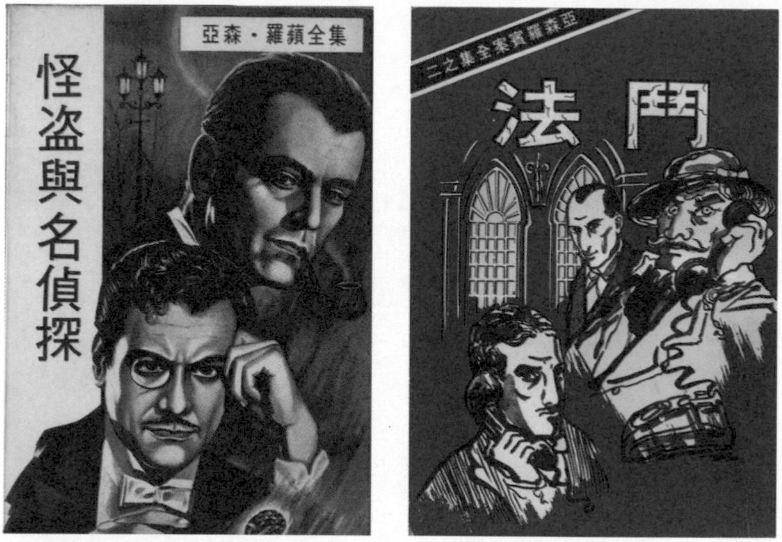

台灣早期根據莫理士・盧布朗原著小說《Arsène Lupin contre Herlock Sholmès》(1908)的兩個譯本：左圖為「東方出版社」譯自南洋一郎改寫《怪盜ルパン全集》的《怪盜與名偵探》(封面圖繪／中村猛男)，右圖為「啟明書局」應文嬋掛名翻譯的版本。

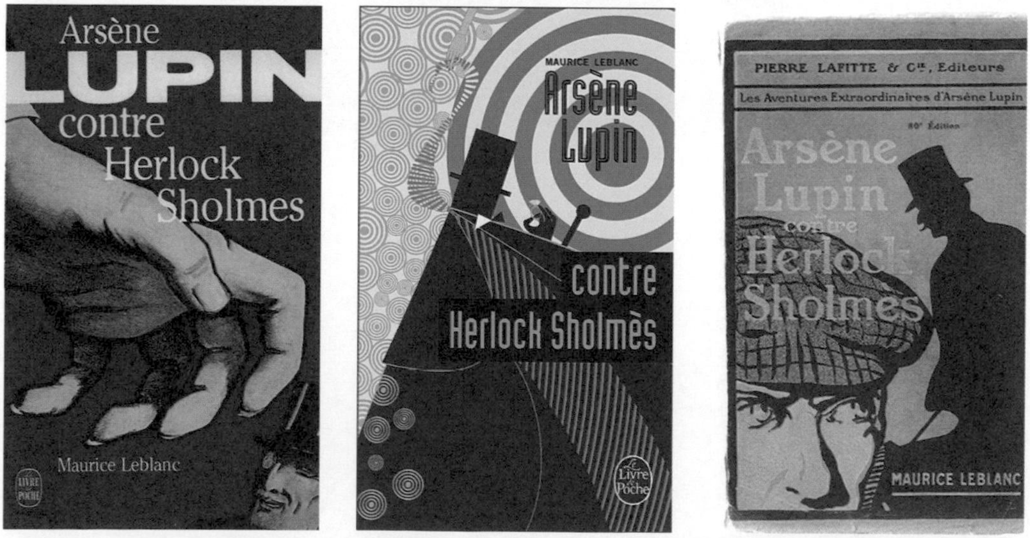

各種常見的法文版小說《Arsène Lupin contre Herlock Sholmès》(亞森・羅蘋對決福爾摩斯)封面書影。

由於當年並不重視版權法的緣故，為了營造劇情噱頭，盧布朗一開始在雜誌上發表亞森・羅蘋首部曲《Arsène Lupin, gentleman-cambrioleur》（紳士怪盜）最後一篇〈Herlock Sholmes Arrive Trop Tard〉原本確是直接盜用了「福爾摩斯」（Sherlock Holmes）之名納入書中角色。但不久後隨即遭到原作者柯南・道爾指責這種不道德的行為，再加上各地許多書迷紛紛向盧布朗提出嚴正抗議，因此盧布朗在後來發行的單行本當中才將名滿天下的Sherlock Holmes改成另一個魚目混珠的Herlock Sholmès。

《歸來記》篇章（台灣「啟明書局」譯本）見證了原本墜崖身亡的福爾摩斯藉由《空屋奇跡》一案再度重返人間。

然而，一場難以挽回的誤會畢竟還是發生了。

即便迄今為止所有市面上流傳的法文版《Arsène Lupin contre Herlock Sholmès》（亞森・羅蘋對決福爾摩斯）從封面到內頁皆一致表明為盧布朗小說裡提到的大偵探Herlock Sholmès絕非柯南・道爾的Sherlock Holmes，可畢竟有許多中文讀者過去在童年時代閱讀「東方版」譯本當中那位「福爾摩斯」的既定印象實在太過深刻，只是，不知當初那些曾經一同遭誤解的「福迷」（Holmes' fans）們能否因此感到內心長期以來的不平之鳴得以伸張呢？

當小說人物比真實世界還真

這世上有些人相信聖誕老人真的存在，正如許多讀者之中不乏有人相信倫敦貝克街二二一號B室裡確實曾經住過這麼一位平日悠閒地抽著菸斗等待委託上門的大偵探Sherlock Holmes。

英國小說家毛姆曾說：「和柯南・道爾所寫的《福爾摩斯探案全集》相比，沒有任何偵探小說曾享有那麼大的聲譽。」很難想像福爾摩斯盛名之廣，竟然促使英國皇室在原著小說問世百年後，破天荒決定授予這位書中虛構的偵探主人公爵士爵位。

對此，我們實在不得不讚嘆由全世界各地廣大讀者念茲在茲所凝聚構成的那股極其強大的集體意志，即便原作者柯南爵士生前一度厭倦了Sherlock Holmes這角色而刻意安排他和死對頭莫里亞蒂教授（Professor Moriarty）在《最後一案》的搏鬥中墜崖身亡，但在無數讀者書迷們欲罷不能的狂熱追索下，作者的個人意念終究還是抵不過市場觀眾要求，於是在輟筆十年後不得不讓Sherlock Holmes藉由《空屋奇跡》一案再度重返人間。

小說主角死或不死？毋寧脫離不了作家和筆下人物之間的一場拔河較勁。

看過電影《口白人生》（*Stranger than Fiction*）當中艾瑪・湯普森（Emma Thompson）飾演那位總是習慣讓筆下主人公以死亡收場的女小說家Kay Eiffel之後，我突然開始有些理解柯南・道爾為何會想要在小說劇情裡安排福爾摩斯死去，因為這位名偵探的光芒實在太過耀眼，以至於如此光芒映照在柯南・道爾身上幾乎讓作者本人成了依附的陰影。或許，柯南・道爾也曾經一直在找尋小說男主角的各種死法，但福爾摩斯可謂相當幸運的是，無論他被作者「賜死」多少回，必然都會引來眾多讀者觀眾出面求情改變結局讓他「死而復生」。

英雄不死，魂兮歸來！

後來和柯南・道爾遭遇到同一難題的，以創造出全世界最著名「反福爾摩斯形象」人物亞森・羅蘋的原作者盧布朗晚年也因為羅蘋這個角色鋒芒加身而感到困窘，也難怪當初寫作生涯規畫裡原本以純文學為志向、卻在主編拉飛特（Pierre Laffitte）和讀者要求下，前前後後共寫了二十八年《亞森・羅蘋》系列小說的盧布朗會發出這樣的感嘆：「我實在受不了，無論走到哪裡，他都纏著我不放。亞森・羅蘋不是我的影子，說真的，我才是他的影子。」在長年蟄居斗室執筆期間，亞森・羅蘋在盧布朗腦海中幾乎已經變成了一個實際存在的真實人物。

「自從一九〇三年開始創作第一篇亞森・羅蘋以來，」作者盧布朗表示：「發出命令的永遠是他，服從命令的永遠是我。坐在書桌前寫稿的不是我，而是他。」雖然，盧布朗生前幾度嘗試在小說裡創造其他角色（比如台灣「東方出版社」黃皮本的《魔人與海盜王》、《妖魔與女偵探》、《惡魔詛咒的紅圈》），但最終這些人物卻仍都逃不開被讀者視為羅蘋的化身。在臨死前的幾個禮拜，已有些精神衰弱的盧布朗甚至不時要求家人向警方報案說：「羅蘋出現在我身旁了，快阻止他。」更妙的是，當地警察局長竟然還為此特地派出一名警員每天二十四小時前往盧布朗寓所站崗，以保護這位偉大作家的人身安全，直至他去世為止。

有時候，小說作者與書中主角在現實世界的意外相遇，往往不見得會比絕大部分普通讀者來得幸運。

童年時，總是特別憧憬著奔放的大海以及追求冒險生活。

還記得小時候有一部很喜歡看的電視卡通影集，叫做《金銀島》，劇情改編自十九世紀英國作家史蒂文生（Robert Louis Stevenson，1850-1894）的同名小說《Treasure Island》（金銀島），故事內容主要描述一位從小就和母親相依為命的少年主角吉姆（Jim Hawkins）如何離家出走、繼而經歷了一連串航海探險及與海盜搏鬥的尋寶之旅。在這部「金銀島」裡既有充滿神祕感的未知海洋國度，以及個性狡猾卻又深具領導魅力、能言善道的大海盜西渥弗（Long John Silver）（如同電影《加勒比海盜——神鬼奇航》裡頭那位性情飄忽不定、亦正亦邪的傑克船長化身），也有面臨現實世界嚴酷鬥爭的人性考驗與道德掙扎，甚至更有不斷出現一幕幕海上叛變與謀殺事件之下無辜的犧牲者。想當年，只要一放學回家，寫完了家庭作業，便是守在電視機前等待《金銀島》的片頭主題曲：

勇敢的孩子
乘風破浪去找夢裡的金銀島
在那夢裡的世界，充滿希望
我們要去尋找它
充滿信心，一片真誠
為了理想，不怕困難

《延平郡王的寶藏》／藍蘭著／1953／台灣學生書局

勇敢的孩子
乘風破浪去找
夢裡的理想金銀島

諸如此類似曾相識的歌聲印象迄今仍不時繚繞、餘音未絕，彷彿老早就存在於咱那一代台灣小孩的童年歲月當中，一個消失了的島嶼幻夢又再從記憶深處訝然躍出，而深埋在那島上某處角落的寶藏無疑則是全世界孩子們共同守護的祕密。

誠如作家馬克・吐溫曾在《湯姆歷險記》描述：海盜的寶藏都是裝在破木箱裡，埋在老枯樹下，半夜時，這棵樹的樹枝陰影所落下的地方就是藏寶地。毫無疑問，那是令每個少年召喚想像、熱血沸騰的大航海時代，同時也是人類東西方交流發展史上著名的海盜黃金年代。

於此，所謂「海盜」（Pirate，意即「海上劫掠者」），從很久以前就開始出現，乃至今日仍然有部分海盜在某些海上活躍著。話說三百多年前，十七、十八世紀西班牙占領統治加勒比群島海域期間，一群來自荷蘭、英國及法國的亡命之徒（包括奴隸、罪犯）組成了一股海盜勢力橫行於大西洋海岸，並且經常攻擊掠奪從新大陸回航的西班牙商船，其中較為惡名昭彰的主要有「海盜之王」基德船長（Captain Kidd）以及藍鬍子（Bluebeard）等。

無獨有偶，約莫同一期間（明末清初）位處太平洋一隅的台灣海峽周邊也曾是赫赫有名的海盜集團頭領鄭芝龍（一六〇四－一六六一）稱霸整個東南亞海域的全盛時代。據聞他出生於福建泉州，早年一度背井離鄉前往澳門學習經商，不僅通曉日文、荷蘭文、西班牙文、葡萄牙文等多種語言，且與日本朝野關係密切，之後往來東南亞各地從事海商活動而大獲其利，甚至以此為根基自組武裝船隊，擁有千艘艦船與十萬部眾，不僅屢次擊退來自荷蘭殖民地（台灣）的入侵者，並且相繼消滅了其他海盜團夥，成為當時福建沿海實力最強大的一支海上勢力及貿易商隊。

彼時宣稱「無海即無家」的鄭芝龍，無論就個人領導魅力以及船隊規模而言，比起十七世紀那些橫行於歐洲大西洋岸赫赫有名的傳奇大海盜們可說是毫不遜色。

然而，當我們回顧歷史，素有明末「海上大王」稱號、亦商亦盜的鄭芝龍看在官方主流史家眼中向來卻是一個極具爭議性的人物。由於其本身除擁有龐大貿易商隊外，另又組建了屬於自己的海上武力，因此在某種意義上，鄭芝龍的存在毋寧可視為當時明清朝廷嚴令「片板不許下水」、「禁瀕海民私通海外諸國」等一系列海禁政策下，所謂遊走法律邊緣的沿海庶民群體，面對中原內陸管制的一種反抗。

此處參照西方世界對於「海盜」多有浪漫描述，他們勇於冒險犯難的各種事跡每每在後世民間傳說中成了自由和勇氣的象徵，反觀東方國家大多卻以負面論之，如清代康熙皇帝《清聖祖實錄選輯》曾謂：「海賊乃疥癬之疾」，面對未可知的海洋及不可測的天候，但求「無事即可」的封建王朝統治者潛意識裡始終對大海（以及所有來自海上的人事物）均抱持著一種戒慎恐懼、甚至是排斥的心態。所以儘管後來鄭芝龍接受了朝廷招安、入仕明王朝任海疆將官，為明朝控制海路各國商船舶靠費用。可沒想到造化弄人，當這位富可敵國的海上梟雄獨自壟斷海外貿易，且受南明弘光皇帝冊封「南安伯」統攬海防軍務大權之際，豈料卻在日後明清戰亂改朝換代的關鍵時刻選擇了投降清軍，以致最終難逃殺身之禍，更讓自己留下了「賣國求榮」的千古罵名。

相較之下，其子鄭成功雖同樣繼承了父親積極拓展海洋空間的思想、並以廈門和台灣為根據地自組海上勢力來對抗一個龐大的中原帝國，卻因匡扶明朝復國為職志、拒不受降而成為「孤臣孽子，板蕩忠臣」的後世典範。倘由世界史的角度來看，隨著十七世紀航海技術與地理知識的進步，整個全球化世界已不再是單一國家認同的封閉環境，當葡萄牙人航行經過台灣時驚嘆「福爾摩沙」，西班牙、荷蘭人等先後來此從事拓墾殖民，而鄭氏父子兩代人亦皆興起於大航海時代，可在歷年來傳統儒家教育強調忠君愛國的保守觀念下，「延平郡王」鄭成功所挾有的正統國族光環毋寧長遠蓋過了「海上大王」鄭芝龍曾經稱霸東南亞海域的意氣風發。換言之，我們的歷史教科書裡往往讓孩子們只知稱頌當年號召「反清復明」的「愛國者」，卻刻意忽略了隱蔽在光明面背後那位有可能讓他們激發想像力、隨之嚮往海上探險的東方版「海賊王」。

湊巧的是，某日午後我在舊書攤無意間找到了薄薄一冊台灣五〇年代出版的偵探小說《延平郡王的寶藏》，這饒富趣味的書名令我不禁聯想當年《金銀島》作者史蒂文生為了孩子要求他講故事，遂即興編出了海盜與寶藏的冒險橋段，甚至他拿著紙畫地圖、邊講邊畫，後來越畫越細緻，人物越來越多，這些故事似乎就是這樣一步一步成形的。

那些年，在運動場上的民族記憶

時值春雷初響、萬物驚蟄，且試問當今（二〇一二）全球體壇誰人最為炙手可熱？想必你我心底早已有了譜，這人毋庸置疑就是美國職籃紐約尼克隊台裔球員「哈佛小子」林書豪，過去一個月來被全美各大媒體暱稱「Linsanity」（林來瘋）的他，其鋒頭之健幾乎掩蓋了其他所有明星球員的光芒，甚至儼然超越了二〇〇五年王建民在美國職棒大聯盟的登板先發開啟了所謂「Taiwang」的新時代，不僅他的球賽勝負時時刻刻牽動著全世界觀眾的心，使得追隨者每天均以倍數成長，也讓台灣過去曾深受職棒簽賭案負面形象導致委靡不振的新聞體育版面再度賦予全新的寄託與希望。

此處透過衛星轉播與電視媒體的傳送，所謂「台灣認同」（Taiwan identity）意識的形成無疑和運動有很密切的關係，至於那些備受矚目的體育競賽更是一種政治象徵，兩者之間很難不扯上關係，就連籃球、棒球發源地的美國也自不例外。無論是「Linsanity」抑或「Taiwang」，本質上這類流行詞彙皆代表著一種傳播整合的建構體，不惟在個人認同層面增強了台灣人對自身的榮耀感和凝聚力，其間更混雜了民族情感、英雄崇拜和運動資本主義（sport capitalism），遂使這些來自世界各國的運動選手能在美國發展並獲得全球愛好者的支持之餘，非但有助於國際間的和諧進程，亦相繼為美國體育界進一步開發了台灣和亞洲市場（包括球賽轉播以及周邊相關產品）的偌大商機。

回顧過去，昔日在那風雨飄搖、外交處境艱困的戒嚴年代，同時也是我從媒體報導得知有最多田徑（體育）場上「民族英雄」輩出的一段童年歲月。印象中最深刻的，除了「亞洲鐵人」楊傳廣、「飛躍的羚羊」紀政（巧妙的是，他們全都在台灣出頭之後立刻被送到美國接受訓練）以外，還有更早之前的紅葉少棒，這些都曾是台灣家喻戶曉的名字。

近來根據媒體報導，「哈佛小子」林書豪連續登上最新一期《*Sports Illustrated*》（運動畫刊）中英文版封面，據說這是自從一九六三年「亞洲鐵人」楊傳廣創下「十項運動」紀錄迄今，首次有台裔運動員成為該刊封面人物。

類似情況就在五十年前，對於西方國家來說，最初令他們感到訝異的是，沒想到一向在白人、黑人橫肆的運動競技場上竟然出現了這麼一位黑頭髮黃皮膚、剃個平頭英姿煥發的勇者，他的名字叫做「C.K. Yang」（楊傳廣）。

還記得小時候常聽長輩提起楊傳廣的豐功偉業，出身台東阿美族馬蘭部落的他，起初剛接觸的運動是棒球，後來轉以廣泛接受各項田徑訓練，並成為十項運動國家代表隊選手而在菲律賓馬尼拉亞運首度奪金，一夕成為舉國傳誦的「亞洲鐵人」。想當年，他在羅馬奧運會中奪下十項田徑銀牌、同時打破世界紀錄，消息傳來台灣舉國上下一片歡騰。楊傳廣的傲人成績不僅令他在一九六三年五月發行的美國《*Sports Illustrated*》（運動畫刊）獲選「近代最傑出華人運動員」，同年十二月二十三日，楊傳廣更登上

《運動畫刊》封面，被譽為「世界最佳運動員」。以往陪伴著許多台灣人成長的童年記憶當中，楊傳廣可說是戰後中華民國最早揚名國際的第一代所謂「台灣之光」，其影響所及，台東市區甚至還有一條街被命名為「傳廣路」。

1963年12月23日，楊傳廣登上《運動畫刊》封面，被譽為「世界最佳運動員」。

可惜好景不常的是，彼時正值運動生涯顛峰期的楊傳廣，在他刷新世界十項全能運動紀錄的第二年（一九六四）東京奧運會上，由於先前優異成績而被視為當屆男子十項項目摘金的大熱門，未料比賽結果卻只得到第五名，讓國人頗感失望與錯愕之餘，坊間也因此不斷流傳他「賽前遭人下藥」諸般說法甚囂塵上。而儘管他此番表現不如理想，卻仍有人願意雪中送炭，當時台視《群星會》節目製作人慎芝即以「歡迎鐵人楊傳廣」為題作詞、梁樂音作曲，譜成了一首歌：「亞洲鐵人我們的馬山／歡迎你回故鄉，亞洲鐵人我們的馬山／歡迎你回家園，恩師的教誨／父老的期望／精神的支援，英勇奮上陣／你盡了力量／叱吒在沙場，你為我祖國爭奪了光榮／同胞們永不忘，經過了磨鍊／從此更堅強／中華的健兒郎。」曲中屢屢提及的「馬山」乃是楊傳廣的阿美族本名「Misun」（專欄作家何凡當年也寫過一篇〈馬山精神〉以茲誌念），這首歌後來交由《群星會》男女歌手演唱，使得楊傳廣鎩羽歸國時依然感到溫暖。

隨之，從一九七〇年代末一直延續到八〇年代，當時楊傳廣已宣布從體壇隱退，而台灣亦退出聯合國多年，在國際上走向孤立，最主要的友邦美國眼看就要和中共建立正式外交關係，這時方從全美馬拉松競賽中嶄露頭角的八歲華裔長跑小將蒲仲強正準備與父親一同回台提倡馬拉松運動，那年正是一九七七，青天白日滿地紅的國旗飄揚在紐約，全美各地爭相報導這個被譽為「全世界跑得最快的小孩」。出生於美國、幼年在台灣成長的蒲仲強於是成了媒體眼中新崛起的田徑英雄，緊接著更有出版社替他出書——名曰《蒲仲強的故事》，並且就在當年為慶祝中華民國建國七十周年而發起「為領袖而跑」的活動前夕上市。

1982年，為慶祝中華民國建國七十周年而發起「為領袖而跑」的體育傳記《蒲仲強的故事》正式上市。

自「現代運動」發展迄今，體育本身總是很難脫離政治，放諸個人的運動成就不僅指涉國家統治力量的強大，也更進一步肯定國家存在的道德價值，尤其作為競賽場上的焦點人物常常能喚起全國民眾的集體意識，從而帶動人民建立對國家未來的信心。誰說人類的野蠻戰爭已經結束了呢？基於生物競爭的本能所驅使，如今著眼於一分高下的運動競技無疑取代了以往的攻城掠地，而成為和平時代以國族榮光（the greater glory of the state）投射在運動場域當中的另一種戰爭。

懷念兒時學校音樂課本裡的點點滴滴

念故鄉，念故鄉，故鄉真可愛
天甚清，風甚涼，鄉愁陣陣來
故鄉人今如何，常念念不忘
在他鄉一孤客，寂寞又淒涼
我願意，回故鄉，再尋舊生活
眾親友聚一堂，共享從前樂

記得念小學的時候，在音樂課上曾學過這首歌，當時只覺得曲中平靜柔美的歌聲旋律異常好聽，宛如略帶回憶的憂傷靜謐之音輕輕掠過耳旁，而它的歌名就叫做〈念故鄉〉。過去在台灣音樂教育體制當中，這首〈念故鄉〉被列為是小學、國中及高中音樂教科書裡的必學樂曲。豈料時隔二十餘年後，偶然再次聆聽這首兒時老歌，其間儘管經歷了多少際遇輪迴的人世變幻、滄海桑田，但腦海中由這首歌所帶來的、回憶童年的那份美好感覺卻似乎未曾改變。

而同樣教人懷念的，目前台灣有些學校下課鈴聲除了傳統的四音階「do、mi、re、sol」鐘響之外，比較常聽到的就是這首改編自德佛札克（Antonin Dvorak, 1841-1904）《新世界交響曲》第二樂章由英國管緩緩吹奏出動人的鄉愁旋律，此一曲調最初於上世紀一九三〇年間「學堂樂歌」[1]盛行之際傳入中國、後經由聲樂家李抱忱將之填詞並改

1 二十世紀初，適逢中國新音樂啟蒙階段，早期的音樂教育工作者從西洋音樂中擷取片段旋律，填上適當的歌詞，以應新興學堂教唱之需，是謂「學堂樂歌」。

編成大家耳熟能詳的〈念故鄉〉曲調，又由於歌中填寫的漢語詞句言約意長、聲韻俱佳，甚至還有人誤以為這是一首道地的台灣民謠。

當時，在台灣音樂課本裡之所以會有這樣的詞出現，其實多少也和國民黨撤退來台有關，畢竟對於戰後初期的蔣介石政府而言，台灣一嶼只是客旅暫居之地（以及作為反攻大陸的跳板）、這裡並非他們心中永久的家鄉，所以必須思念彼岸中國那個真正的故鄉。

《音樂教科書》（第五冊）／計大偉編著／1964／台灣中華書局

近年來，我開始研究台灣絕版書刊封面裝幀與設計，也常常蒐集一些各式各樣老版本的學校教科書，尤其是早期的音樂課本。每當我翻看其中的剪貼圖畫、故事、兒歌，彷彿都讓人能找到曾經的童年。有一回，我竟然還在福和橋跳蚤市場上意外發現了民國四十一年由「台糖幼稚園」教師自行編選出版的《兒童音樂集》教學課本，與現今眾多坊間教材相比，當時無論是內頁簡樸大方的排版設計、細緻精巧的手繪插圖，抑或字裡行間傳達出來的教育理念，都一再呈顯出早年新文化運動遺緒猶存、有識之士尤其重視孩童教育的某種特有的時代氣息。

有趣的是，這部《兒童音樂集》在歌唱教學上同步採用了一般「五線譜」與「數字簡譜」兩種樂譜並列方式來進行，似乎是部分受到了日治時代台灣公學校音樂教育的影響（當時課本裡有五線譜，也有簡譜），須知戰後中華民國學校音樂教育體制長期以來都很排斥數字簡譜，甚至在教育部頒布的課程標準中更明示「不得使用簡譜」（也不得教唱靡靡之音），此一情況直到九〇年代開放民間出版社編纂教科書時才開始有了改變（於國小六年級音樂課本介紹簡譜）。

《兒童音樂集》／糖幼全體教師編選／1952／台灣省教育廳編審委員會審訂

想當年，有多少年輕學子因為害怕豆芽菜（為了應付樂理考試）、看不懂五線譜而從此放棄入門理解（享受）音樂的機會！話說早在十八世紀法國哲學家暨教育家盧梭（J.J. Rousseau）便有鑑於此，他為了普及樂教、大力提倡所謂「全民音樂」，遂積極推廣數字簡譜的優點，然而他的「業餘身分」卻遭到學院保守音樂教授們的諷刺。

後來，簡譜逐漸從歐洲傳到了日本，再透過留日學生李叔同等人傳到中國，其影響所及，不僅那些從事傳統民族樂器教學者漸漸放棄工尺譜而以簡譜代之，就連當時英商百代唱片公司出版的「時代曲」歌單也都以簡譜印製。

於今回溯五十年前，這些看似普通的兒童音樂教科書，其中很大一部分都是由當時的文化名人、留洋歸國學者來編寫的，他們一方面勤於著書立論、積極引介現代西方文化，同時更不吝投注心力於百廢待舉的學校基礎教育工作上。比如一九四八年完成哥倫比亞大學音樂教育博士學位的李抱忱，當時即因國共內戰之故被迫滯留美國，但基於對合唱的熱愛而不定期來台講學、並在教科書裡編寫歌曲以推廣音樂教育。除此之外，早年台灣負責編纂音樂教材的另一個最常出現的重要人物，便是二〇年代上海時期與民國才子李叔同、豐子愷等人系出同門的著名現代音樂理論作曲家蕭而化。

約莫自五〇年代起，蕭而化開始接受各書局的邀請，加入了編輯教科書的行列，包括《初中音樂》（台灣省教育會，一九五一）、《初中音樂》（大中書局，一九五五）、《新編高中音樂》（復興書局，一九五六）、《高職音樂》（復興書局，一九六五），以及民國五十七年根據教育部公布《國民中學暫行課程標準》所編纂台灣第一套國中音樂課本皆出自蕭氏之手，其間陸續亦有計大偉為中學生編寫的《音樂教科書》（台灣中華書局，一九六四）、康謳為師範學校學生編寫的《樂學通論》，這些教材無論內容編排及講授進度皆是循序漸進、言簡義賅，且已相當完整地涵蓋了一般音樂科系學生所應具備的基礎樂理常識。

大抵而言，那時的學校音樂課可說是少數能讓你暫時忘卻課業升學壓力、轉而放鬆心情盡興接觸藝術與唱歌的機會。

事實上，或許也正因為音樂本身並沒有明顯的實用價值（除了少數音樂科班生以外幾乎完全無助於一般升學考試），所以它才能夠包容最多不可思議的想像力與不合時宜的天馬行空，並且讓人暢快淋漓地直抒胸臆。於是乎，我一面看著手上的老課本，一面恍然墜入記憶中那個校園生活充滿了歌聲的年少時代。

戲尪仔、干樂、竹節蛇
台灣土俗玩具中的童玩文化

昭和十一年（1936）12月，立花壽編纂《版藝術——台灣土俗玩具集》（終刊號）在東京「白と黑社」發行。
書影提供／百城堂書店

人一生中最美好的回憶大概就是童年無憂無慮的兒時光景了。

依稀想起初中時代有一首熟悉的歌是這麼唱的：「春去秋來，歲月如流，遊子傷漂泊，回憶兒時，家居嬉戲，光景宛如昨。」歌中情境每每教人難以忘懷，這是民初時期弘一大師李叔同（一八八〇—一九四二）譜寫的名歌〈憶兒時〉，原曲旋律取材自十九世紀美國民謠作曲家威廉・海斯（William Shakespeare Hays,1837-1907）的〈我那陽光燦爛的老家〉（My Dear Old Sunny Home／1871），後來交由李叔同以其深厚的古典文學素養填上中文歌詞，從此歷經數十年傳唱經久不衰，迄今聽來仍覺文字優美雋永。

此處由歌聲喚起的童年情結顯然關聯著一個人的歸根意識，尤其當你愈是回溯到早期的年代，你會發現兒童與成人世界之間的關係愈是遠較今天更為緊密，根據美國當代人類學家Gary Cross撰述《小玩意：玩具與美國人童年世界的變遷》（*Kids' Stuff: Toys and the Changing World of American Childhood*）一書指出：「不同時代和地域的玩具都是針對成人世界的模仿，但又免除了真實的成人世界的危險

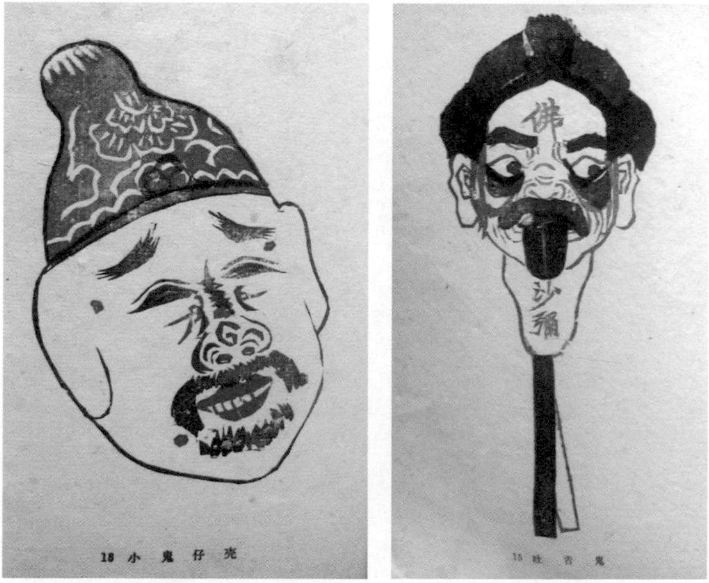

《版藝術——台灣土俗玩具集》收錄的鬼臉面具版畫：「小鬼仔殼」與「吐舌鬼」。
圖片提供／百城堂書店

與負擔。」甚至許多我們今天視為童玩遊戲之物，其源頭大抵都和宗教祭祀崇拜、廟會集市以及民俗慶典活動有所關聯。

好比說西方萬聖節（Halloween）在傳統上被認為是鬼魂世界最接近人間的時刻，節日當天，不論大人小孩都會戴上各樣各式的鬼臉面具、裝神弄鬼上街嬉鬧同樂。這般習俗其實和東方人農曆七月十五的「盂蘭盆節」（俗稱「鬼節」）或「中元節」（前者屬佛教，後者屬道教）頗為相近，都有類似穿戴面具扮鬼魅魍魎的巡遊活動，而老一輩台灣人所指稱的面具鬼臉，閩南話就叫做「小鬼仔殼」！

回顧台灣過去，某些古早玩具同時也是許多成年人記憶中永恆的經典：包括像是尪仔標、捏麵人、踩高蹺、竹筷槍、竹蜻蜓、陀螺、踢毽子、扯鈴、紙風車、草編動物、抓米袋、滾鐵輪等，我們可還記得那些沒有染上多少商業色彩的童年歲月？在昔日物質環境普遍貧困的年代，諸如此類利用天然資源就地取材製作的簡易玩具不僅曾經帶給人們歡樂，更因此串起了以往好幾代台灣囝仔遊走於街坊巷弄自由玩耍的共同記憶。

追溯島內的童玩歷史，早自日治時代起，日本人開始將東京街頭流行的「尪仔標」傳入台灣。最初是以黏土做成長條形、上面印有中國傳統三俠五義人物圖案，日人稱它為Manko（メンコ，漢文「面子」），後來才逐漸演變成鐵製、乃至今日所見的圓形紙牌樣式，圖樣也開始融入台灣本土元素。

當時，正是日本學界發起民間美術工藝復興運動、積極推動鄉土民族誌暨人類學研究熱潮的年代，而所謂「童玩文化」即是其中重要一環。大正十年（一九二一），日本民俗學者澀澤敬三（一八九六－一九六三）開始組織研究團隊、並從收集、保存鄉土民間玩具為起點，陸續舉辦一系列走訪庶民文化田野調查活動，調查內容普及全日本民眾的生活用具、生產用具等。

約莫同一時期在台灣，則有版畫家立花壽（曾經替文學家兼裝幀家西川滿製作藏書票）與中井淳共同創設了「台北こけし会」（台北小玩偶協會），通過地方人士自覺性地選擇和蒐集來自台灣各地不同材質、不同造型的鄉土玩具，恰能反映出一個民族在其特殊歷史背景下最樸實、最本源的文化面貌。

作為日本近代推展鄉土玩具研究的先驅者，立花壽接著又在東京「白と黑社」編纂了一套以日本版畫家描繪（記錄）全國民間童玩的木刻雜誌，名曰《版藝術》。該雜誌於昭和七年（一九三二）四月創刊，每月初固定出版一期、每期限量四百部，至昭和十一年（一九三六）十二月停刊為止，共發行五十七期。值得注意的是，這套《版藝術》雜誌最後一期（終刊號）乃以台灣地方童玩為主題，並延請版畫家暨民俗學者料治朝鳴（本名「料治熊太」，一八九九－一九八二）創作二十幅木刻圖繪輯錄成冊，

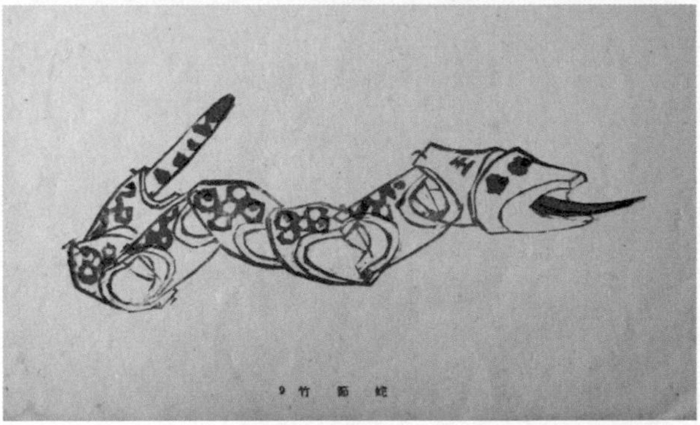

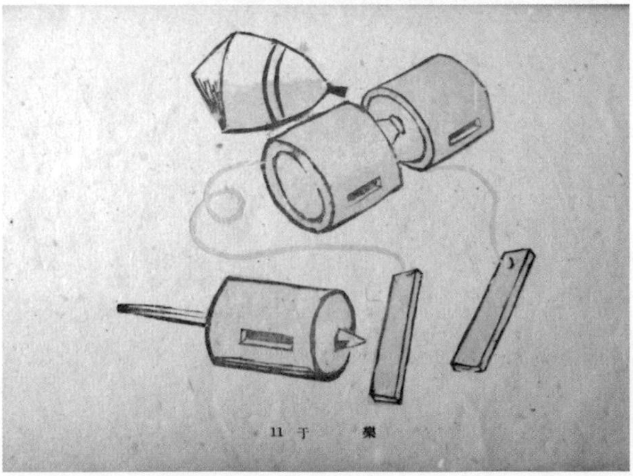

《版藝術——台灣土俗玩具集》收錄的「虎仔」布偶、「竹節蛇」與「干樂」。
圖片提供／百城堂書店

1930年代日本昭和時期版畫家立花壽編纂《版藝術》雜誌。
書影提供／百城堂書店

此即《版藝術——台灣土俗玩具集》。

就在料治朝鳴的巧藝刀筆下，無論是演弄掌中悲喜表情維妙維肖的布袋戲與傀儡戲尪仔，有著一身美麗斑紋姿態威武（象徵驅邪保平安）的虎仔布偶，色彩絢麗工法精緻的傳統元宵燈和紙風箏，還是那採切一截截竹管套接成長串搖擺靈動栩栩如生的竹節蛇，憨態可掬的土尪仔泥塑動物，面貌猙獰扭曲詭異的吐舌鬼與小鬼仔殼，以及達悟族人用陶土捏塑燒製、造型古樸有趣的紅頭嶼（今「蘭嶼」舊稱）土偶人形等，皆無不攝入一種形神氣韻，屢屢於樸拙中透出厚重與篤實。看在料治朝鳴這位藝術家眼裡，這些土俗童玩最可貴之處毋寧全在於它的自然與土氣。

除此之外，還記得咱小時候令人印象深刻的「打陀螺」，毫無疑問也有被收錄在這部《台灣土俗玩具集》當中，而編纂者立花壽則是用閩南話稱它為「干樂」。對此參照早年台籍研究者黃連發在《民俗台灣》雜誌發表的〈台灣の童戲〉一文所述，坊間盛行「釘干樂」或「打干樂」的遊戲，最先始自日治初期，主要有「相釘」（將別人的陀螺打倒）和「運大天」（比賽運轉時間）兩種玩法，同時在製作材料的選擇上亦有流傳所謂「一蒲姜、二苦楝，番石榴樹最堅硬」的童歌念謠，但是到了大正、昭和年間，卻因為被認為勝負（賭注）的玩法有礙教育原則，故而常在學校被禁玩。

於此，《台灣土俗玩具集》不僅詳細刻繪出一般在圓錐形木塊頂端鑲入鐵釘、用繩子纏繞後一抛一抽便能在地上旋轉的普通陀螺樣貌，甚至還讓我們同時見識到另一種以空心竹筒製成、竹筒上面留有一條垂直裂縫，當它急速旋轉時便會灌入空氣共鳴發出嗡嗡聲響的「有聲陀螺」。後來有人認為它著實像極了一隻在地上打滾低吟的牛隻，誠如台灣俗諺形容「單腳會走、無嘴會吼」，因此又管它稱作「地牛」，其形制則有「單筒」、「雙筒」[1]之分，另名「空竹」，也就是今日我們常見的「扯鈴」。

沒想到外觀構造形式各異的「陀螺」與「扯鈴」，兩者竟是童玩歷史系譜上的血緣近親！殊不知早在八十多年前，版畫家料治朝鳴與立花壽即已透過《台灣土俗玩具集》木刻作品明白揭示出它們彼此之間的淵源關係，也讓人彷彿在通往時光消逝的物件媒介當中看見了祈禱和祝願的歷史足跡。

1 一般來說，雙筒比較好拿，也比較好學；單筒的則因不容易掌握平衡，所以比較難學。

1930年代日本昭和時期版畫家立花壽編纂《版藝術》雜誌。
書影提供／百城堂書店

刻繪百步蛇的祖靈神話

茅野正名與《高砂族の彫刻》

考古證實，台灣原住民很早就會以圖騰或美麗的花紋創造各類手工藝品（包含雕刻、織布、藤編、竹編、陶藝等），而原住民多有泛靈崇拜、敬畏鬼神的思想，在創作方面往往可以隨心中所思所欲與傳統信仰相互呼應，其中特別是排灣族的雕刻藝術，常見有以人像、人頭、百步蛇紋、野豬和鹿紋等木雕裝飾，在早期台灣原住民當中尤其備受矚目的，不惟刻工精美、且多有圖案象徵與其部落原始信仰及神話傳說休戚相關。

回顧過去，台灣島內本屬漢民族與南島語族（Austronesian，包含原住民各族及與漢文化相互涵化的平埔諸族）地理文化環境相互匯流的交會地帶，根據考古學家探究，歷史上最初醞釀成形的台灣原住民藝術不僅止於三至五萬年前的考古遺跡為範疇，亦有可能向前推溯到八千年到五千年前之間，最早一批自海外移入的泰雅族群。

截至十九世紀末，歐美國家因受西方現代性與歐洲人類學這門新興學科發展所影響，加上帝國主義與殖民擴張之勢崛起，許多學者、藝術家紛紛對於其轄下殖民地區的社會文化萌生了強烈興趣，於是便將他們當時所熱中關注的「原始藝術」或「部落社會」物質文化諸般器物視為考據人類文明史演進的物證，甚至以之作為創作靈感來源。

近代，大抵從日本殖民統治以降，人類學家即已針對台灣原住民的生活習俗與社會文化展開一系列的調查研究，特別是在民俗工藝方面很早就引起一些日本學者（如伊能嘉矩、鳥居龍藏、森丑之助等）的注意及研究。一九二四年四月，日籍藝術家山本鼎（一八八二—一九四六）初次接受日本政府農商務省委託，來台視察「手工藝品製造」、「排灣族雕刻藝術」，並且受台灣總督府請託提出「手工藝教育計畫」具體方案。而後於一九三一年間，更有日籍官員宮川次郎耗費三年多的時間遍蒐五百餘件山地文物、並從藝術觀點描述這些文物造型圖案之美，如是撰寫彙編了《台灣の原始藝術》一書，書中以多幅珍貴老照片圖文並茂地揭開了台灣原住民藝術的神祕面紗。

約莫同一時期，早昔出身日本九州地方貧寒農村、年方三十五歲的青年畫家鹽月桃甫（一八八六—一九五四）就在這般氛圍下首度踏上了殖民地台灣之旅，從此一待二十六個年頭。彼時自詡為畫家高更（Paul Gauguin），前往大溪地追尋返璞歸真之心的鹽月桃甫，在他陸續擔任「台北高校」與「台北第一中學校」（今建國中學）美術教師期間每每極力強調繪畫表現的自由，且對台灣原住民神話故事的採集研究抱有極大熱忱，這種教學方式毋寧也間接影響了當時他的學生——「灣生」青年詩人西川滿往後投入本土造書事業、畢生鍾情於台灣傳統民俗圖繪的美學觀。

昭和十年（一九三五）五月，西川滿糾合立石鐵臣、宮田彌太郎等人共同組織「台灣創作版畫會」，主張版畫家應該「自畫、自刻、自印」，兩人自此長期擔任西川滿發行書刊的封面裝幀與插圖繪製，會址即設在西川滿台北自宅的「媽祖書房」，後來「媽祖書房」又改名「日孝山房」，取家傳《孝經》有云：「孝心藏之，何日望之」的寓意，仍一貫致力於裝幀出版工作。

昭和十八年（一九四三），西川滿以「日孝山房」名義出版了恩師鹽月桃甫任教於「台北第一中學校」的教席同僚——美術教師茅野正名的木刻集《高砂族の彫刻》，這部作品不但細膩描繪出當時難得窺見全貌的諸多排灣族（パイワン族）與部分雅美族（ヤミ族，今達悟族）雕刻圖像，同時也是台灣近代出版史上第一部以原住民為專題的版畫集。

此書名曰「高砂」之由來，據連橫《台灣通史》卷一〈開闢記〉記載：日本侵略軍見到台灣藍天碧海、白沙青松，景色十分秀麗，近似日本播州海濱之地高砂，所以稱台灣為「高砂」，並連帶稱台灣蕃人為「高砂族」。之後裕仁親王（即戰後的昭和天皇）於大正十二年（一九二三）訪台巡視時，對直呼高山族為「生蕃」或「蕃人」，認為有侮蔑之意，乃進而指示改稱「高砂族」。

話說茅野正名當年在「台北第一中學校」主要講授的是基礎圖畫課程，並曾自編自著《初等平面圖學》、《初等立體圖案》等教材，授課內容包含色彩的認識及應用、幾何形狀的介紹、靜物臨摹和風景寫生、透視及立體觀念、圖案設計等。然而，一向熱愛台灣風土的他卻不教導學生只為了繪畫而繪畫，更從不以課堂（教室）為局限。對

《高砂族の彫刻》茅野正名著／昭和18年／日孝山房發行／限100部

此，茅野正名總要利用課餘或休假時間親自走訪山林、尋幽探祕。

而在《高砂族の彫刻》一書中，茅野正名的踏查足跡幾乎走遍了東台灣一帶排灣族的村莊部落：從「ライ社」（今屏東縣來義鄉來義村）到「カピヤン社」（今屏東縣泰武鄉佳平村）、從「クナナウ社」（今屏東縣來義鄉古樓村）到「タバカス社」（今台東縣金峰鄉），這些橫越鄉里城鎮的田野調查不僅讓他對台灣原住民圖騰、繪畫、雕刻、衣飾和菸斗器物等做出許多研究，隨之茅野正名還在四〇年代著名的《民俗台灣》雜誌（第二卷第十號／昭和十七年）發表了版畫創作〈高砂族のキセル〉（高砂族的菸斗），另外在西川滿主編《文藝台灣》（第六卷第六號）裡頭也收錄了茅野正名的二色木刻畫「ライ社の蛇」（來義村的蛇）。

觀諸茅野正名刻繪排灣族木雕版畫，無論人像、人頭或者蛇紋、鹿紋，甚至採多種紋樣相互混融而成的複合樣式（如人頭蛇紋、人頭鹿紋等），皆無不精美細緻、

《初等立體圖案》茅野正名著／昭和18年／江間常吉發行

《高砂族の彫刻》內頁版畫

極盡變化，其中尤以蛇紋變化型態最多，排灣族人相信他們的貴族階級為百步蛇的後裔，因此對百步蛇有多般禁忌，且相當重視和敬畏，據說有些刻飾圖案更象徵著其部落族裔的身分與地位，並非一般人能夠任意使用。

憶往追昔，豈料就在《高砂族の彫刻》一書問世後不久，島內時局旋即迎來了翻天覆地的改朝換代，戰敗的日本人也開始分批撤離台灣，根據作家小野回憶：當年他父親李琳初來乍到台灣時，機緣巧合遇到了一位志趣相投的日本畫家，兩人曾以筆談方式聊天、憑著日文中的漢字竟也彼此相談甚歡，後來這個畫家還把他的水彩油畫顏料、畫筆和畫板都留給了李琳，以期許能有一個懂繪畫的台灣人可以代他繼續完成描繪記錄台灣風土民俗的多年宿願。

他的名字，就叫茅野正名。

輯二
戀物執迷

書商夢裡不能說的祕密

關於偷書，我想說的是……

台灣話有句俗諺：「細漢偷挽匏，大漢偷牽牛。」意謂一旦發覺孩童有偷竊行為，無論他偷的是多麼微不足道的東西，為人父母者都要立刻加以糾正，否則將來就會害了這孩子的一生。由此可見「偷」之為誡，向來在台灣社會道德教育養成過程中普遍占有極高的重要位階。

所謂「偷」、「盜」和「竊」在漢語裡講得明白，皆概指「不告而取」之意。然而對讀書人來說，偷竊他人財物的行為無疑相當可恥，但一提起「偷書」則似乎是個例外。從古至今，不乏有偷書者被美其名曰：雅賊，至於學生時代結夥起鬨的偷書行徑，甚至還是許多青年學子可能曾經有過的反抗社會教條約束的一種青春儀式。

誠如美國學者漢彌爾頓（John Maxwell Hamilton）表示：「我們天生就有偷書的欲望。」哪怕不僅是香港專欄作家馬家輝一度煞有介事地引述馬克・吐溫（Mark Twain,1835-1910）所言：「不偷書的人，不會有什麼出息。」這番話來替自己年少輕狂曾在灣仔的書店偷書作辯護，就連台北重慶南路書店街也同樣留下了幾十年前台灣作家楊照高中時期窮看白書兼喬裝偷書戲弄店員的慘綠記憶。

特別是在我們現今完全難以想像過去那段無書可讀的非常年代，暗暗地惦記和渴望吸收知識的讀書人往往不得不出此竊書或偷書下策，而體嘗這種偷讀心理狀態下的學習記憶總是異常深刻，無怪乎文革期間親歷毀書劫難的小說家韓少功盡可昂然自若地聲稱：「一個偷書賊的服刑其實不無光榮。」類此偷書之舉庶幾堪比普羅米修斯（Prometheus）的盜火，實不可以一般盜賊論之。

想念起昔日那些書架上伴隨著童年閱讀成長的推理小說主角，多數孩子們總是大抵嚮往風流倜儻劫富濟貧的法國天才怪盜亞森・羅蘋更甚於維護法紀捉拿罪犯的英國大偵探福爾摩斯。其間不啻反映了某種在法律和道德上難以明說的微妙現象。

我生也晚，閱讀啟蒙亦遲，對於「偷書」一事的生命感悟自是遠不及這些文壇書界前輩來得悲壯慘烈刻骨銘心。

最早印象中較能明確回憶起的一次「偷書」經歷，是在某年國小暑假全家南下出遊期間，客宿南投當地旅館「偷」了一本裝幀精美的《聖經》，還記得當時並沒特別意識到「偷」這舉動的真正意涵，只覺得放

Abbie Hoffman著，1971，《Steal This Book》（A走這本書），New York：Grove Press。

在房間抽屜裡的這書看起來漂亮，內頁又有不少版刻插圖，於是就在退房收拾行李時順手把它「取」走。事隔多年以後，幾乎早已淡忘這份書物記憶的我適巧讀到了漢彌爾頓所撰《卡薩諾瓦是個書癡》（*Casanova Was a Book Lover*）有一篇章頗為諧趣地條列出美國十大最易遭竊之書，瀏覽之餘除了讓人徒感少時輕浮歲月荏苒外，也果真印證了它（聖經）不愧為竊書排行榜中永遠的第一名！

到底要誠品書店「教竊偷書卡片」還是直接「A走這本書」！

曾幾何時，台灣出版社與書店紛紛有如染上了惡疾似地競相以折扣戰捉對廝殺，而只一味強調廉價促銷的結果，乃無形中養成了更多錙銖必較於書價的精明讀者，甚至透過網路途徑很快流傳著「先到誠品翻書，然後再上博客來訂貨」的省錢買書守則。同樣尷尬的是，身為台灣連鎖書店第一品牌的誠品企業，近年來亦不免時常對外透露該集團旗下書店儘管上門看書者眾，惟實際買書消費結帳者少。

二〇〇九年四、五月間，台灣各大報章媒體報導了一則奇妙的書譚逸聞。根據誠品書店業者指稱，工作人員在全台各地門市陳列新書內陸續發現遭不明人士夾放七十多張教導偷書破壞防盜貼紙的橘棕色卡片，其中不但以圖解方式教導民眾如何刮除書本「RFID」（無線射頻辨識系統）後丟在地上讓其他不知情者踩黏鞋底嫁禍他人趁亂逃逸，上面還印有仿自誠品企業的品字LOGO商標。

雖說幾乎每家書店都避免不了會有偷書賊，台灣坊間也一直都有「職業偷書集團」先接受網拍客訂再派人到某店「取」書、「踩」購（偷書）的江湖傳言，各式各樣層出不窮的偷書事件始終未曾在現實世界裡絕跡。然而正所謂「是可忍，孰不可忍」，興許是多年來鬻書事業不利無奈情緒長期累積所致，加諸台灣社會傳統道德觀念看待偷盜者的深切痛惡，誠品業者針對此一突發的教竊卡片事件顯然完全無法原諒這份帶有惡作劇意味的偷書宣言，大有信誓旦旦揪出罪魁禍首共懲之的肅殺態勢，並在媒體上公然指稱不排除是心懷怨恨的離職員工、同業競爭對手、犯罪集團或對社會不滿的極端分子所為。

相較於誠品方面嫉惡如仇地嚴詞痛斥，不少讀者聽聞有教竊卡片後反倒覺得相當有趣，更不乏有人特地到書店翻書也想要找一張來收藏。但沒過多久，這起喧騰一時的新聞事件也就在完全找不到任何偷書嫌犯之下隨即悄然落幕。

話說諸如此類在台灣書店有史以來頭一遭出現、無法見容於世俗道德觀念的偷書宣言，其實早在將近半世紀之前的美國反戰運動期間即已蔚成風潮、見怪不怪。

「Steal This Book」！

此為六〇年代美國新左派社會運動家Abbie Hoffman（1936-1989）發表於一九七一年

最具代表性的一部著作，書名翻成中文，意即在封面上斗大寫著「A（幹）走這本書」！別懷疑，作者Abbie Hoffman就是如此明目張膽地公然鼓勵人們以偷竊方式從書店取得他這本書。裡頭甚至還有精采的圖解照片，按部就班地教導讀者該怎麼偷才高桿。

Steal This Book 書中主張反抗一切形式的權威、政府和企業，內容幾乎鉅細靡遺地描述了各種千奇百怪對抗社會制度與公部門權力的鬥爭方式，包括如何白吃白喝、順手牽羊、盜用信用卡，乃至於自力栽種大麻以及設立地下電台。此書過去曾和另一本同年出版教人如何在家中土法煉鋼製作炸彈的 *The Anarchist Cookbook*（無政府食譜）皆以激進作風表達出年輕人對權力把持的憤怒不滿，因而被當時掀起美國反戰運動蓬勃發展的反文化世代視為聖經。

提及美國六〇年代創立「青年國際黨反戰團體」（The Youth International Party，簡稱Yippie）的著名嬉皮人物Abbie Hoffman，相信許多常看美國片的台灣民眾對他應該不會陌生。一九六七年，Hoffman號召了三萬五千位反戰人士聚集華盛頓特區。電影《阿甘正傳》（*Forrest Gump*）有一幕場景：飾演主角阿甘的湯姆・漢克斯（Tom Hanks）一身戎裝從越戰回來，卻陰錯陽差被帶入反戰抗議人潮中，那時他看見在廣場講台上披著美國國旗當作上衣、嘴裡老說「F Word」（髒話）的就是這位仁兄。

作為美國越戰時期最具叛逆精神與創造力的社運領袖，Abbie Hoffman終其一生均以幽默名句及不斷抗爭聞名。出身美國加州大學柏克萊分校的他，擁有驚人的聰明才智和超乎想像的惡作劇愛好。有一天，他竟然帶領一夥抗議者在紐約股票交易所從參觀平台上往下散發大把的假美鈔，然後看著停止交易滿地抓錢的交易商們開懷大笑來嘲弄資本主義的醜陋。在這之後，紐約股票交易所特地在參觀台前加裝了屏障，以防止此類事件再度發生。

「惡作劇是一種象徵性的戰爭，」Hoffman表示。不同於當時許多嬉皮士同道們主張逃避社會，惡搞成性的Hoffman始終想要改變世界。而他深信，要做到這一點，則必須依靠媒體的力量。

當年他以驚世駭俗的整蠱書名來對所有書店讀者進行教唆偷竊的這本*Steal This Book*便是教人如何顛覆社會傳統規範、違逆各種世俗偏見以創造新生活。至於這麼多年來它在書店裡究竟被A走了多少本？人們完全不得而知，但書的銷路倒是一直賣得挺好。後來*Steal This Book*一書在千禧年（二〇〇〇）時還被改編為Hoffman生平傳記電影《Steal This Movie》，據說評價不惡。

從過去到現在，即便往昔這些高舉海盜大旗的青年反叛世代早已消逝遠矣，而今依舊面對許多遭受惡作劇激起的憤怒、指責與怨懟情緒如我輩者，又何嘗不能試著從

Abbie Hoffman身上偷走一點點幽默？

在不信任的目光下，人人都有偷書嫌疑

自從人類創建了圖書館並將龐大數量的書籍匯聚一處以利管理或買賣以來，偷書的罪行在歷史上便始終屢禁不止、防不勝防。古今中外，包括所有公私營圖書館以及書商營利事業單位在內，藏書管理者（擁有者）與偷書狂（Bibliokleptomania）之間永遠存在著一種不可化解甚或誓不兩立的對峙關係。

根據阿根廷裔加拿大知名作家Alberto Manguel所撰《閱讀地圖——一部人類閱讀的歷史》（*A History of Reading*）一書指出，早年為了對付偷書賊的威脅，西班牙巴塞羅那聖佩德羅（San Pedro）修道院在他們的圖書館外面放置了一面警告牌：

「敬告仁人君子：凡是偷竊書籍，或是有借無還者，他所偷的書將變成毒蛇，將他撕成碎片。讓他中風麻痺，四肢壞死。讓他痛不欲生，呼天搶地；讓他的痛苦永無止境，直到崩潰。讓永遠不死的蠹蟲啃嚙他的五臟六腑。直到他接受最後的懲罰，讓煉獄赤火煎熬他，永恆不停。」[1]

1 Alberto Mangue著、吳昌杰譯，一九九九，〈第十七章：偷書〉，《閱讀地圖——一部人類閱讀的歷史》，台北：臺灣商務，頁三七一—三八四。

如此訴諸惡毒詛咒的恫赫方式，幾乎與時下一般民眾在大街上看見張貼「凡在此地亂倒垃圾者不得好死」之類的警示布告如出一轍。但是，當我們暫且放下這些針對個人惡行必施以極端報復的道德思維，若換個比較文明的說法——置於現代資本主義社會經濟脈絡底下來看，偷竊（書）本身其實是一種風險概念、一則行為上的賭注（包括怎麼把書藏在身上帶出去？會不會被店員捉到？如何盡快找到買主？），現今許多坊間書店常見書櫃或牆上貼有「偷書罰十（N）倍」字樣，此番警語可謂完全體現了書店老闆作莊和偷書賊對賭賠率數字的仲裁邏輯。

然而，無論人們制定出任何最嚴厲懲戒偷書的詛咒與禁令，事實上都無法嚇阻那些真正不擇手段非把世間所有珍愛書籍據為己有的慣竊偷書者。

根據美、日零售業已公認，被竊商品占營收的千分之八乃屬「合理範圍」，金石堂對外公布的圖書失竊率是一％，誠品書店則是大約在總書種的一—三％。而就我所知最誇張的，當莫過於法國最大連鎖書店FANC曾對外表示「每年FANC被偷竊的書占了營業額的十三％」，這實在難以想像，向來被認為生性浪漫的法蘭西民族原來竟是令人咋舌的「偷書大國」!?

因愛書而偷書兼藏書，一如上世紀美國「偷書大盜」史蒂芬・布魯伯格（Stephen

Carrie Blumberg）自承二十年來偷遍全美及加拿大二八六家圖書館總計竊書兩萬三千六百冊足以名列金氏世界紀錄的無可救藥書癮重症之人固然有之，但更多無以數計絕大部分屬於一介平凡愛書者如你我，若非情不得已，通常總是不願輕易跨越心中那條涉嫌偷盜的心理防線。

但也正因如此，現代人逛書店最深感痛惡而無法接受的，其實倒並不是遭遇那些吃了秤砣鐵下心來真正豁出去放膽行竊的偷書賊，而是有時候在不慎踩到某些行為界線的模糊情況下，被店家誤認成了偷書嫌犯有苦難言的那種莫名冤屈。

一道監看的懷疑眼神足以殺死一頭恐龍。而僅只一次被錯當成偷書賊的委屈與氣憤，也很可能讓一個人暗自發誓這輩子再也不會踏進某家書店。

至此，我們必須得由衷感謝世界上發明了「防盜門消磁設備」這種乍似冰冷機器的製造廠商，儘管那些「道高一尺，魔高一丈」團夥作案的專業偷書賊靠著「消磁器材」與高竿的掩藏手法照樣能神不知鬼不覺地讓一本又一本書冊從書店架上不翼而飛。但至少，我們終於能夠暫且解除了門市店員緊迫盯梢的監視目光，並卸下隨時可能被影射為偷書賊嫌疑的心理負擔，無所顧忌地長時間待在書店看書而不必非買不可。

知識與想像，是從書裡「偷」來的

學生時代躲著不甚明亮的書店燈光下翻看免費「白書」（或曰「霸王書」），伴隨天花板上有電風扇吹熱風，直到穿著汗衫的書店老闆投來不耐目光，種種回味印象乃是台灣許多五年級世代以上的愛書人共同畢生難忘的集體記憶。

「因為有些書你不一定能夠擁有，」素有文化頑童之稱的作家張大春說：「有些書你也不立即的想要去把它帶回家，而且偷書的技術不好，所以那就站那兒（重慶南路三民書局）看，慢慢看慢慢看。」[2] 每天走過台北車站南向這條書店街熱切地翻閱各種不斷竄冒出來的最新書刊雜誌，同時也讓當年初窺世事的青年楊照趕脫了一班又一班的公車，有一回甚至還被店員誤認為偷書賊，差點在暗巷裡被痛打一頓。

記得以前常聽老一輩習藝師傅說過：「功夫是用眼睛偷來的。」這類的「偷」，之於那些經常總是看而不買的讀書人而言，他們偷的其實不是書籍本身，而是書裡的知識與想像。

在過去尚無版權概念、藏書擁有者常把善本祕籍重重深鎖祕不示人的封建年代，愛書成性的清初文人朱彝尊（一六二九－一七〇九）曾以設宴買通江南藏書家錢曾的書僮從而偷出整部《讀書敏求記》抄錄傳世，以及私藉職務之便偷抄史館藏書而被貶官，

[2] 見於蔡康永主持電視節目《週二不讀書》第三十九集〈張大春說書〉訪談文稿。

時人分別譽稱為「雅賺」和「美貶」，是謂中國藏書文化史上的經典「偷書案」。

中國文人傳統自古即有「賊不偷書」[3]之說，惟因順手牽羊偷的是又沉又不值錢的書（除非是罕見的高價珍本），往後也就被部分投機之人視為雅事一樁了。

即使真正偷了書也仍然以「雅賊」自恃的說法，不惟存在於三〇年代文學家魯迅筆下悲劇人物《孔乙己》諷喻舊時讀書士子彰顯自身清高的小說情節，美國當代偵探小說巨匠勞倫斯・卜洛克（Lawrence Block,1938- ）更以一名侃侃道來偷竊樂趣且愛書成癡的中年小偷兼二手書店老闆柏尼・羅登拔（Bernie Rhodenbarr）為主角撰成十部側寫「雅賊」（Burglar，或譯作「夜賊」）系列推理之作。

卿本良材，奈何作賊？

卜洛克筆下這位自嘲生平只會開鎖偷東西這項唯一專長的主人翁Bernie告訴我們：任何人就算要偷書，也必須以很專業的態度去認真執行。在他小說裡常出現的有些偷書賊之所以會被瞧不起，完全不是因為「偷」這件事，而是因為他們偷書技術實在太爛！尤其翻讀《喜歡引用吉卜齡的賊》（*The Burglar Who Liked to Quote Kipling*）一開

[3] 明人敖英《綠雪亭雜言》記有賊不偷書一事：吳中有老儒沈文卿，讀書至宵分，燈熒熒欲滅。忽見盜在室中，掬物無所得。從容呼之曰：「穿窬君子，虛勞下顧，某輒有小詩奉贈。」乃長吟曰：「風寒月黑夜迢迢，孤負勞心走一遭。只有古書三四束，也堪將去教兒曹。」穿窬者含笑而去。

場即以深諳行竊之道的Bernie在自家店內活逮一名年輕偷書賊作楔子，其間描述偷書失風者因怕被扭送警局而只好賠錢了事的幽默對話委實堪稱一絕。

Bernie白天是珍本書商，卻總在暗夜裡上演一次次非法侵入的尋寶之旅，當中撞見命案陳屍現場，於是牽扯上謀殺事件的Bernie只好充當偵探尋跡查緝真凶，以洗刷自己被栽贓的冤屈。但他既不是血性剛烈快意恩仇的綠林好漢，也並非集不可思議傳奇故事於一身的江洋大盜，而僅僅只是一個喜歡投入各種窺探想像、並把偷竊樂趣拿來過日子的安居淡泊之賊。

「我會的所有長處，都只能讓我做個賊，」Bernie說。不是雞鳴狗盜之流的thief，而是品味技術還有風險都更高級的burglar，天賦異稟又充滿世故與幽默的書癡竊賊Bernie，簡直和時下許多藏書蒐書愛好者一樣都習於講求有格調的「低調」。他愛書，但他卻絕不偷書。即便是偷，也有他堅持的聖潔和美好。對Bernie來說，那樣的聖潔美好就是他細心愛護保存的書。

就算是偷書也要講江湖道義!?

比起偷食物，她更喜歡的是偷書。

今時今日大談所謂「偷書」情事，不免聯想起遠古先秦時代莊子有云「竊鉤者誅，竊國者侯」（或曰：小賊竊物、大賊竊國）這句流傳了千百年的老生常譚。事實上，倘若面臨極權統治者不惜一切針對文字與思想進行嚴密箝制的空前浩劫，無論是當代澳洲作家Markus Zusak所撰《偷書賊》（*The Book Thief*）故事裡的小女孩Liesel目睹西方世界二次大戰慘烈的希特勒納粹時代，還是起始於六〇年代中期曾將眾多書籍劃歸「毒草」冠以禁令的中國文化大革命，人們為了從書中世界尋求解救或逃避，相較之下原本只在太平歲月裡被視同小小罪惡的各種「偷書」舉措往往也就顯得格外動人了。歷史上有那麼多書之所以能倖免於禁毀劫難流傳至今，庶幾全賴「偷書人」之功。

如此出於時勢環境所逼不得已而為之的「偷書」雖說難以施予多少譴責，但有些過於缺德的竊書手法卻是無疑得要嚴加痛斥，比方把一本原來完整無缺的書弄得殘缺不全、面目全非。Alberto Manguel曾在《閱讀地圖——一部人類閱讀的歷史》書中記錄了十九世紀義大利托斯卡尼貴族世家利百里（Count Libri）伯爵橫行於法國各地圖書館偷竊珍貴書籍的鄉野事蹟，其中最惡名昭彰的，並非他將許多書整本整本地偷去，而是竟把有些書只撕下其中幾頁以便展示給別人看或販賣。

一本書整部遭竊固然遺憾，但眼見這類餘存殘缺的書冊寧更讓人心生痛惜。一個有技術有格調的偷書賊實在應該要自覺維護手中任何一本書的完整，當然更不會刻意做出某些等而下之、純粹只為了搞破壞的毀書行徑（包括用膠水黏死書封內頁，以及無端撕毀、塗鴉或弄髒書籍），並且，即便從書頁夾縫裡發現了某些不堪公諸於世的塵封祕密亦能矜守自持，這也算是「盜亦有道」吧！

讀書人不可承受之重
翻開台灣那一頁書籍盜版史

不知從什麼時候開始，盜版書成了人類出版印刷史上極其普遍而始終難以禁絕的文化現象。

在這今日講究知識產權（Intellectual Property）的文明時代，無論書籍、唱片、衣飾設計或其他商品，一旦談起所謂「盜版」者云云，表面上共同一致的預期反應幾乎都是國人皆曰「可殺」！尤其對於那些書籍作品一直遭受侵權困擾的作者本人來說，更是恨不得將盜版市場層出不窮的冒名偽書都給釘在恥辱架上。然而，儘管反盜版的呼聲推得漫天價響，卻依舊遮掩不了盜版品愈益深入日常生活的不爭事實，甚至在許多讀書人藏書癡的案頭架上更是經常不乏盜版書的蹤跡。

但凡只要是有口碑、受讀者歡迎的書，即使遭到查禁，也必定會有人拿去盜印，而在大街小巷的流動書攤上販賣。

苦於盜版書幾乎鋪天蓋地屢禁不止的猖獗盛況，咱們「張派小說」文學祖師奶奶張愛玲老早於四〇年代港滬兩地就已切身領教過。當時盜版市場之氾濫，就連她在五〇年代初離開上海來到香港之後寄贈予胡適的散文集《流言》，以及摯友宋淇郵寄給夏志清作為參考資料的《傳奇》、《流言》二書，用的全都是香港盜印本。

「我那時正在寫《中國現代小說史》，假如未能及時看到此二書，很可能我不會闢一專章去大寫張愛玲的，」夏志清說。

真是盜版萬歲！

試想，當初在戰亂時期的非常環境下，假如要是沒了這些盜版商從事大量廉價翻印書籍的推波助瀾，或許張愛玲之名也不會在短期內迅速招來龐大的粉絲群體——其受熱捧程度簡直不亞於今日當紅明星，現代文學史也很可能就此改寫。

坊間尤有甚者，除盜版原著外，更兼有文人勾結書商擅為之借殼孵雛揩油撈利。讀者以為花便宜價錢買到了翻印本，實際內容卻根本是托名偽造。在五〇年代香港，一部《秋戀》，另一部《笑聲淚痕》（又名《戀之悲歌》），書上作者署名都是「張愛玲」，書裡主角皆為活動在淪陷前後的香港人或上海人，那時身在美國的「張愛玲」本尊收到朋友寄來這兩部小說「看著覺得很詫異」[1]，於是趕緊把自己的短篇小說收集起來，定名《張愛玲短篇小說集》在天風出版社發行以免謬種流傳。

由此可見「張愛玲」三個字對盜版商的吸引力，實已反映了早期作家與書市消費群眾之間緊密相依的品牌化現象，凡列於她名下的作品，其市場前景必然走俏，完全無待出版發行之後再加驗證。

1 張愛玲，一九五四，〈自序〉，《張愛玲小說集》，香港：天風出版社。

在過去那個沒有版權概念的時代，無法估算的張愛玲小說盜版數量遠遠超出正版，無怪乎當年台灣文壇頭號「張迷」唐文標不顧原作者異議也要堅持窮盡「十年光陰」匯總原樣影印編纂成一冊十六開三八三頁厚的《張愛玲資料大全集》，甚至還為了搶救庫存四百本書免遭銷毀，獨自一人不斷來回上下樓搬書促使舊傷復發而送了老命。昔日由於版權問題，這部未經作者正式授權、美編印刷品質不佳的《張愛玲資料大全集》雖曾惹來幾度爭議風波，但如今在網拍市場上卻已然超脫了所有是非功過、成為眾多書迷眼中可遇而不可求的稀罕珍品。

無名氏著，1970，《塔裡的女人》，台南：魯南出版社（未授權翻印書）

張愛玲著，《笑聲淚痕》，香港：龍門書局（冒名偽書）
書影提供／舊香居

不約而同地，今昔坊間常見《徐志摩全集》、《朱自清全集》這些各種盜版（翻版）書名總是偏愛冠以「全集」、「大全」等字眼來彰顯其「俗擱大碗」的市場特色，正如以往光華商場兜售盜版光碟總要稱作「大補帖」。

唐文標主編，1984，《張愛玲資料大全集》，台北：時報出版社（未授權翻印書）。
書影提供／舊香居

向來皆為正史不談、法律不容的盜版書其實相當有趣地反映了書香社會「以人為本」的真實面貌：讀者反對盜印，卻都幾乎買過盜版書，只是許多受益者礙於面子或道德問題而不願承認，就像談到學生爬牆、文人嫖妓一樣：只可私下做而不宜公開說。

「翻版」vs.「盜印」——一段特殊時空下的文化現象

我以為，每個讀書人至少都應該曾在年輕時有過一本（或一套）助他啟蒙解渴的翻版（盜版）書——哪怕像是《查泰萊夫人的情人》這類向來皆為傳統衛道人士所不屑的禁書名著也好，否則，活在年少時期那段慘綠徬徨的日子可就太難過了。

四、五十年前的台灣，正值國民政府接受「美援」政策的貧困年代，適逢美蘇冷戰宣揚反共抗俄的戒嚴期間，禁書名單累疊成串，島內出版事業受到嚴格控制，市面上能讀到的書種有限，據傳每有文史哲新書（多半是舊書翻印）一出，朋友間莫不奔相走告，惟恐失之交臂，可資作為學院教材的英文資料則大多來自美國。

於是乎，在未獲授權下，書商大量翻印了《大英百科全書》、《葛羅夫音樂百科全書》與韋伯社會學書籍等成套外文原著。這些被盜版的英文書籍多半精裝，紙張印刷講究，幾十年的老書，拿在手上，書香仍在。當時最「前衛」的新書來源不外乎台大附近（如歐亞書局、雙葉書廊、唐山書店）以及中山北路幾家書店（如敦煌書店），只要教授指定某書作教材，往往書單出來後就可以在書店買到照相翻印本，「效率」極高，學生幾乎人手一冊，絲毫沒覺得不妥或良心不安。後來於民國七十一年創設的「唐山書店」甚至更以翻印許多西方批判思潮理論譯著而聲名大噪，每每成為國外教授（香港、新加坡甚至美國）來台購買盜版書的必訪勝地。

自五〇年代以降，由於國共隔海對峙的高壓政治氛圍所趨，那些選擇留在中國大陸、或是沒來得及跟隨國民政府播遷來台的學者教授與知識分子一概全被打上了「附匪文人」烙印，其生平著作也連帶盡數歸入查禁圖書之列。然而，儘管警備總部每年編印《查禁圖書目錄》羅列違禁書籍多如牛毛，但在民間所謂「上有政策、下有對策」的循環效應下，有些出版商擔心警備總部查到「匪書」，於是便在翻印時擅自竄改了書名和作者：譬如將劉大杰《中國文學發達史》、呂思勉《中國通史》、湯用彤《漢、魏兩晉南北朝佛教史》作者姓名統統改為「本社編」，或把陳寅恪《隋唐制度淵源略論稿》作者姓名閹割成「陳寅」、朱光潛《變態心理學》作者腰斬為「朱潛」、周予同《群經概論》作者改為「周大同」等。

除此之外，一些知名出版社也都有未授權翻版案例，包括遠景的《悲慘世界》與《人子》、商務的《未央歌》、純文學的《人生光明面》，以及大地出版社的沉櫻翻譯《一位陌生女子的來信》等書。其中遠景出版法國雨果長篇小說《悲慘世界》掛名「鍾斯」翻譯，其實是北京「人民文學出版社」的「李丹、方于」夫婦譯本，而後於大漢出版社翻印的朱光潛《我與文學》、《談修養》等書亦被改以「孟實」之名發行，原序文亦遭竄挪為「台版」。

既然上述以「遠景」為翹首的未授權翻印行徑如此司空見慣，也就更遑論其餘如「魯南出版社」、「風雲出版社」等盜印氾濫明目張膽的坊間書商了。

隨著彼時「地下出版」有如野草般的興盛活絡，其結果只是大開了坊間盜版與翻印本廣泛流通的方便之門，紛紛為五、六〇年代台灣出版界增添了三〇年代中國文壇的濃厚氣味。

到了七、八〇年代左右，如雨後春筍陸續成立的河洛、文津、明文、木鐸、學海、宏業、里仁、谷風、新文豐、丹青等新興出版社先後大量翻印來自中國大陸的文史哲論著。

朱孟實（朱光潛）著，1977，《我與文學》，台北：大漢出版社（未授權翻印書）。

在《書和影》一篇文章中，小說家王文興乃將早期這些未經授權的台灣翻版書視為「學生未來生計與心智的美麗結合」，甚至在傳播知識功能方面將之比作「發展中國家的脫脂奶粉和霍亂疫苗」。王文興寫道：「高度發展的國家慷慨贈送奶粉和疫苗給發展中的國家，卻從來沒有想到要贈送印書的版權，實在是匪夷所思。」[2] 此處指控「盜版」（Pirated Edition）抑或「海盜王國」之說，幾乎是所有開發中國家或第三世界國家都曾背負過的歷史罪狀。由於台灣在民國七十四年（一九八五）以前的本國著作權法尚未與外國簽署互惠保護協定，因此當時民間書商擅自翻印許多沒有經過外國（海外）原作者許可的「未授權版」（Unauthorized Edition）實際上並不構成違反本地法律的侵權行為，只要這些書在台販賣而不銷售至其他地區，則書籍的原出版商（多數為美商）及其國家政府便不會嚴加干涉。

[2] 王文興，一九八八，〈翻版書應限於學校裡〉，《書和影》，台北：聯合文學，頁二〇五。

《心鎖》（盜版之一）無版權頁
書影提供／楊燁

《心鎖》（盜版之二）無版權頁
書影提供／楊燁

郭良蕙著，1959，《心鎖》，高雄：大業書店。

曾任職康乃爾大學圖書館長的美國圖書館學專家David Kaser於一九六九年撰成《Book Pirating in Taiwan》（圖書盜版在台灣）一書指出，一九五〇年代初期，美方出版社因考量以下五點而未對台灣翻印書商提出控訴，其中包括：台灣人民經濟能力尚無法購買原版書籍、台灣未加入國際著作權公約組織、台灣不是唯一的翻版國家、美國出版商早期亦有翻版行為、翻版只造成出版商小額損失[3]。作者David Kaser針對適用一九二八年版權法的台灣地區書籍盜版情況進行研究後得出結論表示，當時台灣人民的收入和生活物質水準低落無疑是形成盜版主因之一，相關著作權問題甚少引起人們關注，更少有人因此而興起訴訟。

作家王鼎鈞晚年在〈七〇年代的書和我〉文中回憶著這麼一則逸聞趣譚：話說台灣南部有位作家跟盜印者對簿公堂，未料，承辦檢察官認為翻印好書乃是功德一樁，予以「不起訴處分」，於是盜印者便拿著著法院判決文書四處宣傳，自稱「合法翻印」。我們不知這位盜版商後來是否因此大發利市橫財廣進？抑或搭上了七〇年代台灣出版業興起所謂「版稅屋」（作家可以用版稅買房子）的景氣高峰？然而當時侈言「出書」之事既然一本萬利，惟民間對於版權意識仍普遍不足，相對也就無法遏止有人以盜印為業了。從印刷技術來看，早期盜版主要以原書用照相版翻印，既省錢又省時，往往某些原著出版不出一星期盜版就在市面發行。

---

[3] Kaser, David, 1969, *Book pirating in Taiwan*, University of Pennsylvania Press Philadelphia, pp. 22-28。

當年郭良蕙長篇小說《感情的債》甫一出版隨即引發坊間大量盜印，根據大業書店老闆陳暉回憶：這位盜版商不僅投入較多資金與時間，照原書一字一字用鉛印排版，令你分辨不出真偽，但更高招的是，「他自己不印書發行，因為這樣很容易追查出主腦人，資金回收又慢，風險也大」，陳暉說：「於是他便一口氣打了三副紙型，分別賣給三個不同的人，由他們去印書發行，風險由他們承擔。」[4]

當時提早得到內幕消息的陳暉，便偕同作者郭良蕙一起從屏東搭軍機前往台北抓盜版，結果並無所獲，另在他和作家王藍進入印刷廠搜查時，卻又意外發現了其他盜印《藍與黑》的證據！後來為了保衛長篇小說《藍與黑》的版權，王藍還因此極力促成了台灣出版史上控訴民間業者因盜版服刑的首宗案例！

端看一般盜版書印刷編排質量大多良莠不齊，然而有的盜版書其實不一定是「真盜版」，也有可能是印刷廠或者圖書公司私下自攬加印，例如陳映真在遠景出版的小說集《將軍族》，初印本與增印本兩者同樣皆以藝術家吳耀忠一幅「擦鞋童」素描畫作為封面，但後者卻在印刷校準時不慎截掉了畫面下方的擦鞋少年腳部，整個畫面彩度亦較為淺白，種種跡象難免被人誤認疑似盜版。

4 陳暉，一九八六，〈作家・書店〉，《南部文壇》，高雄：大業書店，頁三六—三七。

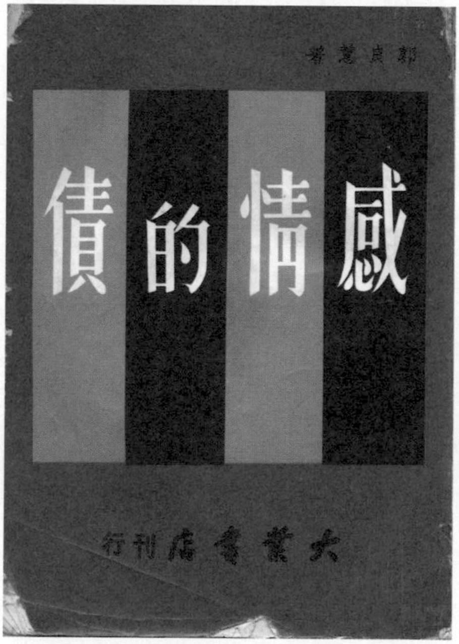

郭良蕙著，1959，《感情的債》，高雄：大業書店。
書影提供／舊香居

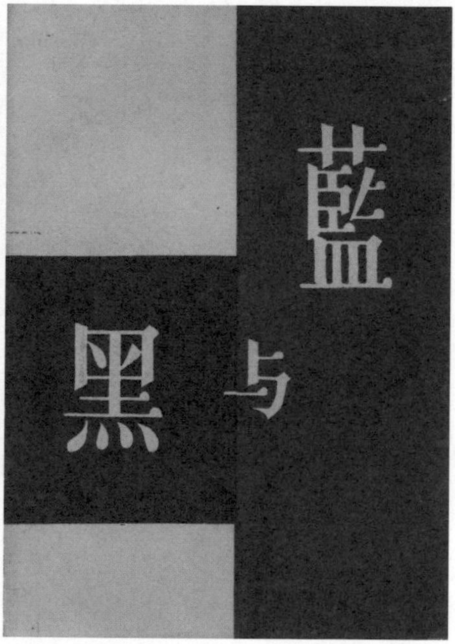

王藍著，1958，《藍與黑》，台北：紅藍出版社。
書影提供／舊香居

陳映真著，1975，《將軍族》，台北：遠景出版社（增印本）。

陳映真著，1975，《將軍族》，台北：遠景出版社（初印本）。
書影提供／舊香居

我們用盜版書來改變世界!?——從歐陸到美國

一九五九年五月，美國出版商正式控告台灣「文星書局」擅自將原版定價美金五百元的《大英百科全書》全套翻印以每部新台幣兩千兩百元（僅達原版十分之一價格）出售，此一版權風波隨即引發了呼籲改革年久失修的著作權法聲浪，終究使得一九六四年台灣政府著手修改著作權法施行細則，並以行政命令禁止翻印西書對外出口，且要求留學生出國不得攜帶。

歷史其實殷鑑不遠，只是人們經常遺忘。

話說一百多年前，根據美國喬治亞大學歷史學家史蒂芬・米姆（Stephen Mihm）撰述《偽造者之國》（*A Nation of Counterfeiters*, 2007）一書所言：一八七九年德國早先即曾指控美國輸出豬肉含有旋毛菌和霍亂菌，當時甫由獨立戰爭脫離大英帝國統治的美國正處國力初萌階段，國內經濟秩序尚未建全，各方面法規也還未臻完善，信貸市場假冒名牌貨品、盜版書籍和製造偽鈔現象可謂相當氾濫。後來在歐洲各國抗議之下，美國國會方才陸續通過「國際著作權法」（一八九一）與「食品與藥物法」（一九〇六）重新贏得了國內消費者和國際的信任。

人的生命每天都需要攝取食物來滋養肉身，至於培育知識思想則是有賴書籍閱讀作為精神食糧（spiritual food），兩者同樣皆為不可或缺。

回溯美國獨立建國之初，即以襲取英國文化的速成方法期盼趕上先進國家步伐，一般廣大民眾仍普遍將英國圖書出版品視為汲取知識養分主要來源，但由於美國國會未與英國簽署互惠協議，因此所謂早期美國文化可說幾乎全都是從英國盜版而來。整整長達一個多世紀的時間裡，美國書商在政府當局的許可下不知盜印了多少英國書籍，諸如文學家司各特爵士（Sir Walter Scott, 1771-1832）、狄更斯（Charles Dickens, 1812-1870）、哈代（Thomas Hardy, 1840-1928）等原作者均曾深受其擾。

《愛默生文集》一書收錄有美國作家愛默生（Ralph Waldo Emerson,1803-1882）於一八三七年九月十三日寫給英國文豪卡萊爾（Thomas Carlyle, 1795-1881）的信件，信中談到美國書商盜印卡萊爾作品《法國大革命》，愛默生對此誠懇地向卡萊爾表示歉意，他寫道：「我覺得很羞慚，你（指英國出版商）教育我們的年輕人，而我們卻盜印你的書，將來有一天我們會有條較好的法律，或者你們也許會採用我們的法律。」（I am ashamed that you should educate our young men, and that we should pirate your books. One day we will have a better law, or perhaps you will make our law yours.）看到美國盜版者肆無忌憚地侵犯卡萊爾的權益，愛默生好言奉勸他們暫時不要盜印卡萊爾的書，至少讓英國版的《法國大革命》在美國賣一段時間，讓卡萊爾能有點收入後再盜印不遲。事實上，由於早期美國盜印現象實在太過普遍，以致愛默生即使想幫忙也只是徒勞無功。

一八四二年狄更斯首度參訪美國波士頓，眼見當地書店裡擺滿了英國作家的盜版書，尤其是他的小說新作《聖誕頌歌》（*Christmas Carol*）在英國出版售價二・五美元，美國盜版卻僅賣六美分，但他本人並沒拿到美國出版商一毛錢。「是可忍，孰不可忍」，狄更斯於是氣憤地寫信回國說：「當我想到這天大的不公之時不禁血液沸騰。」後來他還寫了本小冊子《美國紀行》（*American Notes for General Circulation*）尖銳批評美國，不料美國書商也立即將它盜印出售。

彼時一些美國書商為了搶先得到英國原版書以便早日翻印發行，竟向英國出版公司或印刷廠的職員行賄來獲取正在印刷中的圖書清樣，當這些清樣經由僱用快船海運上岸不到二十四小時內，書商便把它們印製成紙皮書或期刊一樣的開本通過郵局發行，或雇一批報童沿街叫賣，其盜版速度之快令人咂舌。

「愛丁堡印的新小說，最後一頁還未印得，最初幾頁已到我們手裡；凡是優秀的英國著作，在英國墨漬未乾，我們已經翻印好了。」近代美國著名演說家愛德華・埃弗雷特（Edward Everett, 1794-1865）在《北美評論》（*North American Review*）一篇文章如是寫道。

遠從十九世紀迄今，眼見百餘年紛紛擾擾的風雲歲月過去了，時下美國早已脫離昔日窘境而發展壯大為全球強權之首，也成了當前世界上保護知識產權最為積極的國家之一。然而，此時此刻倘若參照於美國昔日亦曾通過盜印大受其利以及往後經常就著作權問題抨擊他國社會道德與法律不彰的高蹈姿態，說穿了，這難道不是赤裸裸地突顯出一種歷史循環無以名之的荒謬和強權國家原形畢露的虛偽嗎？

「盜」亦有道——知識流通與經濟壟斷之爭

David Kaser在《Book Pirating in Taiwan》（圖書盜版在台灣）提到，早期美國拒絕參加國際版權協定，乃是為了要翻印英國出版品，當時翻印得最凶的也是這部《大英百科全書》。一八七九年，英國人控告美國費城書商翻印，但最後美國政府判決結果認為「翻印外國出版物並不違法……一般皆認為，翻印之舉，對提高學術水準頗有幫助」。

盜版之「盜」，在古時候通常是跟「俠」字連在一起的。以未授權翻印做為振興文化的必要手段，甚至有些圖書經過盜版途徑，竟成了傳布異端思想的有力媒介。

其實，無論翻印／盜版／山寨／抄襲／仿造，本身都只不過是個別社會經濟發展中一個特定階段的過渡現象，沒什麼大不了。當年日本也曾熱中仿造，在世界各地展覽會上拍照，回去以後很快造出比原展品更好的新產品。

二十世紀初期中國五四運動知識分子高喊「全盤西化」、「中體西用」等革新口號，講白了，不過就是把「抄襲西方文化」這件事講得徹底冠冕堂皇理直氣壯罷了。但若認真談起盜版或抄襲，要是我們能夠把對方深層的文明精髓給整個「盜」過來，那也算稱得上真本事，最怕就是一味虛應敷衍只在表面學了半套。

十九世紀末（一八八六年）以前，英國為了迎頭趕上歐洲大陸而一直在盜印歐洲各國的書。同樣地，到了《國際版權法》實施的這一年（一八九一），美國也才跟著停止盜印英法德俄等各國書籍。一言以蔽之，談出身，海盜大家都做過，五十步與一百步之間根本沒有多大差別。

若從長久的歷史觀點來看，書籍版權並不是天經地義應該有的，知識本身向來就是強調共有共享，透過廣泛流通而帶給人類更多的文化福祉。

對照於當前「知識經濟」時代書籍版權頁統一印有「版權所有，翻印必究（不准翻印）」字樣所揭示的私有化「知識產權」（Intellectual Property）意識，我毋寧更為緬懷一九三六年魯迅以「三閒書屋」名義在上海自費出版德國女版畫家《凱綏·珂勒惠支版畫選集》，內頁赫然印著「有人翻印，功德無量」這耐人尋味的八個大字。

二十世紀六、七〇年代在法蘭克福學派（Frankfurter Schule）鼓吹批判理論（Kritische

Theorie）的影響下，歐陸各國驀然興起一股反資本主義風潮，為了反抗資本主義文化工業對作者與讀者的不平等剝削，許多德國左派人士特意標榜「盜版有理，左派無罪」，主張可公開利用盜版來讓社會大眾更便宜地取得那些售價昂貴的文本，有些盜印書籍甚至還會在書頁上語帶諷刺地打印註明是由「打破資產階級版權出版社」（Verlag Zerschlagt das bürgerliche Copyright）所發行。

那些自居於道德與法律制高點上痛罵盜版之人，不知他們是否可曾想過當「著作權」被無限放大延伸之後所帶來壟斷資訊流通的各種負面作用？不僅可能絕大多數創作資源從此集中在少數文化工業資本家手上，到時候也許就連一般團康活動在野外唱歌也都必須隨時取得唱片公司授權，這樣的世界你能想像嗎？

以裝幀之優，對抗盜版之劣？

版權法律制度建立以後，人們對於「盜版」本身往往產生一種普遍迷思：只要消費者沒了可供選擇的盜版，就必然會去購買正版？

但事實上，目前在中國大陸出現愈來愈多許多看似弔詭的有趣現象是，無論出版界或電影界推出什麼新作品，都已習慣先把書或電影放在網路上讓大家看完了再說。換言之，他們並不認為在網路完全公開內容的宣傳方式會因此減損消費者的購買欲望。

拜現代網路科技之所賜，我不僅可以在某個中國網站上閱覽電子全文的大江健三郎《廣島札記》，或是筆名「公路」的女作家書寫《遙遠的鄉愁——台灣現代民歌三十年》這類在台灣本地鮮少看到的圖書內容，甚至還能隨時上網觀看台灣已故導演楊德昌的完整版《牯嶺街少年殺人事件》。

一部作者沒沒無聞內容無趣之書，不管有沒有任何法律保護都不會有人想盜版，相對地，一部名人暢銷著作即使加諸層層法律保護也都會有一大堆盜版。在每年浩如煙海的出版品中，如何選擇經典讀物，也許盜版排行榜是一個可供參考的評價體系。

盜版書，從市場供需面而言，乃是正版暢銷書的替代品。尤其當正版書價昂貴且居高不下時，廉價的盜版書對那些想買書又買不起正版的讀者就有了吸引力。換言之，當出版社本身不去滿足消費者對低價書的大量需求時，非法盜版商便自然取而代之了。

由於盜版太過猖獗，因此乾脆開放「便宜正版」似乎是個合宜對策，唯有撇開成見把書籍當成文化商品來販賣，消費者才能因此擁有價廉物美的寶貴知識來收藏。但是，僅只一味訴求低價策略卻也未必是唯一的萬靈丹。

約莫九〇年代初期，台灣盜版金庸武俠小說仍是書滿為患且價格低廉，當時擔任遠流總編輯的詹宏志便開始嘗試如何不被低價思維所限，轉而推出燙金字體、印刷精美的精裝典藏版銷售，由於行銷策略得當，此一系列精美的正版書明顯反襯出盜印本的低劣品質。

可話又說回來，台灣在更早之前的五、六〇年代書商翻印西書或文史哲圖書竟也不乏選書眼光與氣魄，許多印刷品質絲毫不遜於時下的正版書。相較之下，如今有些書籍（比方台灣某些現代詩人作家作品全集）正版裝幀設計品質反倒編印得比以前盜版還差！

對此，我必須嚴正地向那些出書不用心思的出版商說：「不要以為你是合法正版，就可以如此沒有品味、沒有設計美感地亂印書！」因為，姑且不論盜版與否，所謂的「好書」，在所有愛書人心目中其實是自有一把尺的。

我願聆聽朗讀

從類比音軌到數位時代的有聲讀物（Audio-Book）

我喜歡探索書本裡的文字乘著聲音去旅行。

想念起幼年童蒙時還沒能夠從一冊冊紙本書上認得幾多個字以前，每每愛聽阿母從坊間市集買來數卷童話錄音帶如《小木偶》、《三劍客》故事裡的朗讀說書，藉由錄音媒介，即使事先沒看過故事原文，照樣也可以津津有味地領略「聽書」樂趣。從一處聲音畫面接續著下一齣故事情節，記憶中那極盡生動富有感染力的話語音調迄今仍舊令人充滿想像。

回味那種玄妙之境，彷彿是將文字過濾飄浮在空中，再像一層細緻的雲霧朝耳邊吹了一口氣，讓寓言故事人物具體鮮活了起來。

或許由於早在中小學時代聽膩了朗讀比賽當中那些刻意裝腔作勢的「表演式朗誦」所萌生的莫名排斥感，以及來自課堂上被老師罰念課文的諸多不良印象，當時我便不禁暗自猜想：要想謀殺青年學子的讀書興趣，其中一種最有效方法難道竟是迫使他們經常用各種僵硬沉悶或誇張矯情的樣板口語去念它？

爾後，參照自己逐年養成的閱讀習慣來說，我平日私下讀書總是不習慣念出聲音來的，幾乎也從來沒有人特地朗讀過什麼書給我聽。

然而我們始終不可否認的，就像德國女作家Cornelia Funke筆下小說《墨水心》（*Ink Heart*）故事主人翁Mo與Meggie天生擁有一條Silver Tongue（魔法舌頭），僅憑隨口讀念就能夠把書中人物幻化成真，打從人類懂得口述語言迄今，「朗讀」本身即具有某種深撼人心的原始神祕力量。

倘由另一層面更具昇華指涉的精神意義來看，已故台灣前輩作家葉石濤曾說每當他深感鬱悶時，往往會獨自躲起來大聲誦念十九世紀法國象徵主義詩人韓波（Arthur Rimbaud, 1854-1891）的詩作〈醉舟〉（Le Bateau Ivre日文版譯著）直至淚流滿面，如此簡直就是把「朗讀」這件事視同一種信仰救贖了。

在都柏林（Dublin）這座愛爾蘭歐洲小城裡，自一九五四年起，每逢六月十六日這一天都會有來自世界各地仰慕當地小說家James Joyce的忠實讀者群聚集在戴維伯恩酒吧（Davy Byrne's pub）前，從早晨八點開始一個接著一個以馬拉松接力方式朗讀全本《尤利西斯》（*Ulysses*）巨著，相傳這是為了紀念該部小說主角Leopold Bloom而特地舉行聲稱「布魯姆之日」（Bloom's Day）的一樁定期活動。

放諸古今文壇，幾乎很少有一部文字作品朗讀能夠賦予人們如此巨大的文化凝聚力。且說無獨有偶，就在首屆Bloom's Day紀念活動落幕之後的隔年（一九五六），美國

1956年《尤利西斯》(*Ulysses: Soliloquies of Molly and Leopold Bloom*)朗讀黑膠唱片(LP),read by Siobhán McKenna, E.G. Marshall, New York:Caedmon Records(TC 1063)

老字號凱德蒙唱片公司（Caedmon Records）[1] 同時也找來愛爾蘭裔舞台劇女演員Siobhán McKenna（1923-1986）和美國老牌影星E.G. Marshall（1914-1998）在紐約合作灌錄了史上第一張以人聲朗讀《尤利西斯》節錄內容為主題，封面設計採用一幅米羅抽象畫作的黑膠「Spoken Word」（吟誦）唱片正式發行。

聽聞Siobhán McKenna與E.G. Marshall在唱片裡演出幾回硬底子的聲音獨白，當可探知文學經典之所以成為經典，怎能少得了以飽滿扎實的朗誦聲調來烘托出那一字一句裡的情意韻味！

文字向聲音探路：台灣出版史上第一部吟誦唱片詩集

拜近代人類研發錄音科技之所賜，最早在二十世紀初已經有人開始嘗試替一些作家製作唱片。一九一三年，法國詩人阿波里奈爾（Guillaume Apollinaire）首開風氣之先、應巴黎索邦大學（La Sorbonne）語言學教授Ferdinand Brunot邀請而特地朗誦錄製了詩歌專輯。

隨後及至一九二四年，在巴黎「莎士比亞書店」女主人Sylvia Beach的安排下，法國

1 該公司於一九五二年由芭芭拉・赫德瑞茲（Barbara Cohen Holdridge）與瑪麗安娜・羅尼（Marianne Roney Mantell）兩人在紐約創立，是為美國第一家以出版朗讀錄音為主的商業唱片公司，命名「Caedmon」意指七世紀時首位以英文而非傳統拉丁文寫詩的英國詩人St. Caedmon。

HMV（His Master's Voice：小狗 Nipper 聽留聲機）唱片公司首度灌錄了愛爾蘭小說家James Joyce的朗讀聲音，由Joyce親自挑選誦念《尤利西斯》第七章〈風神埃奧洛〉（Aeolus episode）進行錄製。根據Sylvia Beach回憶轉述，那是Joyce認為唯一可以從《尤利西斯》獨立擷選出來、也是唯一深具declamatory（雄辯家口吻）而適合單獨朗誦的內容章節。

「He lifted his voice above it boldly（他大膽把嗓音高高揚起），」書店女主人說：「那聲音腔調感覺跟他平常演講口吻截然不同！」

老式類比音軌將聲音定格在Guillaume Apollinaire與Joyce昔日意氣昂揚風華正盛的黃金歲月，一轉眼間就晃過了半世紀，如今這些年代久遠、音質生澀未臻理想的歷史錄音皆已被保存在法國「聲音與話語博物館」（Musée du Son et de la Parole）檔案裡。

在台灣，舉自上世紀七〇年代以降，正值爆發「釣魚台事件」導致國際政經局勢驟變、現代藝術思潮與傳統國族文化彼此衝突融匯之交，島內文學出版方始進入了一處餘音盪漾的有聲世界。

遙望四十年前，台北藝文界倏地興起一股追求創新實驗與反叛精神的前衛藝術狂潮，其流風所及，不惟學院音樂圈內開始嘗試演奏一些當時不甚為人知的西方現代樂派作曲家如Arnold Schoenberg（1874-1951）、Anton Weberm（1883-1945）等作品，所謂「裝置藝術」與「行為藝術」一時之間更成了彼時文藝青年追逐時髦，口耳相傳的最夯話題。

當作曲家、舞蹈家、畫家、詩人等來自各個不同領域的六名藝術創作者匯聚在一起，嘗試以文學繪畫舞蹈融入現代音樂前衛語言——名為「七一樂展」的歷史序幕就此展開。

一開場隱隱傳來仿若啃刮骨頭的聲音、札札富有節奏，曲調行進間，突然出現一聲龍吟般大喝：「放！」台上的舞者似乎在一瞬間全部死絕，周邊頓時流動著虛無縹緲的鬼魅氛圍……。就在一九七一年五月六日這天晚上，台北市中山堂表演廳裡正上演著由李泰祥和許博允作曲、顧重光和凌明聲負責舞台設計以及陳學同擔綱編舞等首度合作推出以葉維廉詩作〈放〉為題的一齣混合媒體（Mix-Media）實驗展演。

從歷史困境中折射出來，創作者所面對的，乃是一個任何舊有文化價值即將面臨淪喪而新價值尚未建立的尷尬時代。詩人與藝術家感受到現實世界裡充滿創傷，令其演出作品呈現出一種孤獨寂寞發為淒厲之音的末世圖景，其中包含了冗長的絕望和痛苦，宛若鬼魅流竄於人間，凜冽而刺耳，提醒我們歷史的裂變與傷痛，總是未有盡時。

比較起葉維廉詩集《醒之邊緣》隨書附贈三十三轉（LP）「薄膜軟膠唱片」A面音軌收錄〈放〉一詩聲響充滿鬼氣指涉消亡和衰落的現代弦音，B面由詩人瘂弦娓娓朗誦葉維廉〈甦醒之歌〉聽來相對顯得清新雋永餘韻猶存。對此，昔日同輩文友白靈曾謂瘂弦與生俱來「絕對的磁性雄喉」，不僅能在群聚處隨口談笑風生，亦時常令身旁眾耳如沐春風。今時今日，幸得聆聽老式唱針落在黑膠溝槽裡轉啊轉地傳出那樣既深沉又淒婉有致的朗讀音調，當知白靈所言絕非過譽。

文學發聲：聽見《地球筆記》卡式磁帶的聲音展演

根據民間相傳典故說法，一個人之所以擁有嗓音佳質，往往源自前世修來的福分，要不就是上輩子曾在廟裡捐過一口鐘，所以這一世會有很好的聲音。舉凡台灣藝文界裡

《醒之邊緣》（詩集）／葉維廉著／1971／環宇出版社
封面設計／郭承豐

具有這般迷魅聲腔者，比如瘂弦、蔣勳，彷彿只要他們一開口就能予人安定的力量。

據說人的生命最初階段在母胎裡就能隱約聽見羊水的聲音，或許，回歸聽覺感官上的閱讀經驗才是人類得以重新探索知識祕境的真正原始狀態。這不禁令我聯想到那位赫赫有名的阿根廷小說家波赫士（Jorge Luis Borges, 1899-1986）一輩子熱愛閱讀用功甚勤，直到晚年視力嚴重受損無法再看書，最終只得依賴青年曼古埃爾（Alberto Manguel, 1948-）每日朗讀書籍內容說給他聽。根據Manguel表示，波赫士的耳朵就像一部掃描機，能將念過的字字句句全都背誦起來。

儘管斯人昔日風華已逝、人書俱老，然能依舊領略此間「聽書」箇中堂奧者大抵莫過於此！

誠如一首經典樂曲的表現與流傳有賴於優

《地球筆記》（有聲多媒體詩集）／杜十三著／1986／台北：時報出版社。

1971年「現代音樂舞蹈藝展」宣傳海報

秀演奏家或歌唱者進行演出詮釋，同樣地，一部優秀的文學作品也必然不可或缺朗讀者的口語演繹來增添原作本身的脈動氣勢及生命感。

他，不寫詩，卻是個畢生熱愛詩歌朗讀的聲音誦演者。

我從詩人杜十三與朗誦者趙天福合作錄製的《地球筆記》「有聲散文詩畫集」聽見，無論是演讀〈煤〉詩中幾以聲淚俱下哀悼海山煤礦災變死難礦工的句句深沉吶喊，或由〈耳朵〉一詩以聲音隱喻編造人間現世謊言及童話想像，原來朗讀不惟只把眼前文字化作聽覺，僅僅揣摩呼吸著每一詞句的抑揚頓挫、疾徐快慢，有時甚至更為一種透過聲音向內的自我凝視（Gaze）。

率先在一本書中間挖個洞，然後再將一卷卡式錄音帶鑲嵌於《地球筆記》紙頁裡，當年杜十三尋求特立獨行的這種創意做法，遠觀乍看之下還真有些像是當代美國藝術家Nicholas Galanin刻意把整疊書冊挖剖開來進行切割處理的一座紙本雕塑。

從七〇年代乃至九〇年代初期，藉由一條條音軌紋路來重現原音的單聲道LP黑膠唱片逐漸從人們聆聽生活中隱匿聲銷，其間迎來八〇年代卡式錄音帶風行一時的過渡階段。猶記得兒時的我，對於這樣一盒磁帶竟能放在一部手提唱機裡直接把聲音錄下甚感好奇，還曾胡亂自言自語按著REC與PLAY鍵反覆把玩錄音樂趣。尤其當我生平頭一回從這三・八一毫米寬的軟膠長條磁帶裡聽見自己說話聲時，感覺訝異的驚奇程度可好比野蠻人照鏡子，總覺得裡頭那把聲音不是自己的。

迥異於更往後問世的數位CD唱片設有即時選曲以及隨機播放等種種便利功能，如今幾已成骨董的卡式錄音帶可說是一種在形體上最能展現早期類比錄音遵從時間線性規律的「前現代」聲音媒介：空氣裡扣人心弦的音波聲韻就這麼直接烙印在那細細長長的軟膠磁帶上，每回聆聽一首歌或演奏曲皆有一定的時間順序，不可逆轉。

模糊的邊界：影像數位時代的紙本書與唱片設計

早在上世紀末第三波數位時代來臨之前，從七〇年代《醒之邊緣》到八〇年代《地球筆記》，詩人們已然先行預測了未來書籍文字出版將由傳統紙本印刷轉為結合聲音影像的多媒體思維。在這期間，出版商隨書附贈的聲音載體主要仍以黑膠唱片與卡式磁帶等類比錄音媒介為大宗。

約莫一九八五年左右，數位CD的出現促使唱片材質又有重大改革與突破。特別是對於傳統文字出版的影響，儘管直至千禧年過後不久，有聲書（Audio-Book）在卡式磁帶項目的市場需求量通常仍比CD還多，但有一現象反倒更值得玩味的是：

當一本書的設計語言愈接近唱片封面，或者一張唱片結合文字解說手冊做得愈趨仿似一本書時，在形體上明確劃分所謂「書」與「唱片」之間的概念差異是否還屬必要？

到了二〇〇二年，詩人夏宇以文字思考先行的創作概念構建了《愈混樂隊》這張專輯，在歌與歌之間朗誦自己的作品，於陷入樂音的迷濛中穿插著滿不在乎的戲謔語調，長條版型偌大開本的歌詞文件配上雙CD唱片封套幾乎就整冊紙本詩集那樣可以讓人翻開閱讀。一如二〇〇七年蕭青陽設計裝幀的吳晟朗誦詩歌集《甜蜜的負荷》，其中簡直已經讓人有些分不清這到底應該算是一本附有CD錄音的圖文寫真書？或只是一套「模樣看起來很像書」的朗讀唱片？

同樣地，當我們眼見時下台灣文化界當紅的平面設計師聶永真悠然遊走於「書籍」與「唱片」封面設計兩邊大玩跨界創意之際，這股沛然無可阻擋的時代趨勢其實不啻也正暗示著我們：在創作觀念定位上，無論是「書籍唱片化」抑或「唱片書籍化」都沒要緊，重點在於，今天絕大多數人

《地球筆記》內頁附送卡式錄音帶A面

《地球筆記》內頁附送卡式錄音帶B面

們無論找尋書或唱片，都已習慣了「視覺感官至上」喜歡先看漂亮封面而買。

職是之故，生存在這眾聲喧譁一切務求速度效率至上的工商業文明時代，面對讀書一事，每天不知有多少知識訊息如潮水般湧來，迫使人們只得相互追趕看誰讀得更快、讀得更多，以免讓自己被這強調競爭的社會所淘汰。不知不覺地，我們早已漸漸失去了慢慢挑揀誦讀、精讀的耐性，其結果可預見的是，當你的讀書數量愈多愈快，相對沉澱過濾下來的理解與感悟卻也越顯輕浮。

因此，儘管再怎麼地忙碌，我們終究還是應該要花點時間靜下心來翻讀某些老舊經典，然後，挑出其中自己喜好的部分段落，反覆地，慢慢地讀，甚至於朗讀出聲音來。

闔上書本，某些字句當會化作聲音點滴回味在心頭，一遍又一遍。

書與食物和愛情

飲食是生存的象徵，漢人重視食物，往往將口腹食慾的味覺感受聯想化作閱讀寫作與藝術欣賞的精神食糧。在文藝領域當中，所謂批評其實就是「品味」，讀的感覺其實就是吃的感覺。「品」字帶著三張口，並不純然僅只包含生理味覺的表層行為，更兼涉及文化階層秀異的審美判斷。

又如「飲食男女，人之大欲存焉」這句孔老夫子早在數千年前一語道破的儒家警句，儘管歷經滄海桑田歲月更迭，時至今日似乎仍可用以見證（或理解）當前台灣圖書出版業雖面臨大眾閱讀風氣普遍衰退，卻惟獨美食遊記及愛情小說文類始終居高不下的市場現象。

回想二十世紀四〇年代初成名於上海文化圈、獨攬《天地》編輯刊務於一身的浙江寧波女子蘇青（一九一四—一九八二）只更動了一處斷句，便把這句聖人古訓改作「飲食男，女人之大欲存焉」，成了另一道赤裸裸的「新女性宣言」，這不僅對於當時無論政治或文化皆屬保守封閉的滬上孤島引發一陣軒然大波，甚至比起現今日本社會倏地掀起兩性革命而衍生出「草食男」與「肉食女」之說，更是一點也不遑多讓。

倘若暫且撇開蘇青彼時失婚之後，語驚天下坦言自露渴求的異性愛戀不談，當年（一九四三）她自辦《天地》月刊特向張愛玲邀稿「叨在同性看在都是女流面上」乃至恭維「女作家的作品，我從來不大看，只看張愛玲文章」的那份親切倒是十足令我感懷甚深。也許是個人閱歷偏見所使然，我總覺得所謂「瑜亮情結」典故雖出自古代男子彼此旗鼓相當互為勁敵，可一旦要牽扯到時下文化圈內同輩女子之間，尤其是雙方才貌條件皆俱有可觀的情況下，提起同行相嫉、同性相妒，那可真是愈加有過之而無不及的。

更何況四〇年代人稱上海灘女作家「雙璧」的這對文壇姊妹——蘇青與張愛玲，兩人筆下創作均有其各自引領風騷的非凡魅力。張愛玲小說集《傳奇》、《流言》一經問世固然走紅，隔月即發行再版，但蘇青的《結婚十年》、《浣錦集》在當世卻較之更為火紅暢銷，如《結婚十年》一書僅在上海淪陷期間便印行了十八版的可觀數量。要說躲藏在文字最深處脈動裡，有誰能決計不會萌生明裡褒揚暗裡較勁的一絲念頭？

初期由於汪政府要人周佛海、陳公博的鼎力資助，《天地》月刊方始順利掛牌營生，邀稿作家包括胡蘭成、周佛海、陳公博和朱樸等人皆在汪政權中擔任要職，數期雜誌封底甚至大剌剌印著周佛海《往矣集》圖書廣告，一連串無可奈何的冥冥造化，致使《天地》從創刊日起便已注定擺脫不了往後被蒙上「漢奸文人」刊物的宿命塵埃。其間復因雜誌內頁刊登張愛玲本人照片引來胡蘭成驚豔於其人其文的一見鍾情，並由蘇青搭橋出演了「傾城之戀」，時稱「蘇、張」的文壇雙姝遂成了後世史家眼中攙有瑕疵的玉。

張愛玲手繪《天地》月刊（第十四期／1994年10月）封面設計
書影提供／舊香居

作為近代中國出版史上首度由女性知識分子一手包辦的平面媒體，《天地》月刊主編蘇青盡逞其曇花一現的絕代風華，在亂世中「煮字療飢」滿篇談起上海衣食住行男女婚愛，刻畫出餘韻生動的市井風光。至於《天地》頭牌女作家張愛玲不但為之撰稿，有時還兼作插圖與封面設計。從第十一期到十四期封面勾勒地上一尊佛頭仰望天際幾片浮雲，畫風簡潔而浪漫，此皆出自張愛玲的丹青妙筆。

1943年11月，張愛玲的小說〈封鎖〉初次在《天地》月刊第二期發表，蘇青譽為「近年來最佳的短篇小說」，而當時在南京因故被捕的胡蘭成在獄中看了張愛玲的文章後亦從此為之傾倒。書影提供／舊香居

今昔讀書人嘗以廚師烹調炮製來比喻寫作者的文字手藝，而在諸如《天地》月刊此類故紙書堆當中，偶然竟也發現裡頭藏有一些就連今天看來仍屬非常前衛的新潮概念。特別是第十八期刊載〈Edible Edition〉一篇談論食物與書籍版本聯想的幽默文章，作者自署「吃書人」語帶譏諷地表示：「時下許多雜誌每期必登有幾篇名家作品以資號召，而不學如我，對之每感到莫測高深，讀之無味，徒受精神虐待，棄之可惜，終覺血本有關，將來不妨不看先吃，食畢也可贊：『拜食大作、口福不淺』，亦以聊謝大作家供給營養之恩。」

於是乎，他想像著把書本紙張印刷油墨看成了兼具「調味」功能的食物代用品，各書報將因用墨各異而出版「鹽印本」、「甜印本」、「葷印本」、「素印本」及「辣印本」，以投讀者各別之味。但凡普通文字宜鹽味、愛情小說宜甜味、哀情小說宜微苦、諷刺文章宜帶辣、「意識」文章則宜酸氣撲鼻。閑來一卷在手，隨看隨吃，「吃書終不見」，回味無窮。

其中最有趣的是，此文作者當真還擬出一道提供「吃書」的標準食單，並將蘇青《結婚十年》列為不備「素印本」之書（暗指其內容葷腥是也），且搭配寧波小菜以作午餐用。（或許，此處也該仿效日本罐頭食品包裝上常見標示著小小一行的「賞味期限」！）

孰知約莫過了一甲子荏苒歲月後，當年起心動念談論「吃書」的味蕾狂想，終於在二〇〇〇年四月一日由美國書籍藝術創作者Judith A. Hoffberg發起創辦第一屆「國際食書節」（International Edible Book）得以具體化夢成真。

話說回來，無論是任何思想意識精神食糧的咬文嚼字，抑或擬仿紙纖油墨幽香的咀嚼吸收，生存在古往今來所有人都避不開是非功過議論的平凡年代，你我血肉之軀的生命確實是貫穿在一日不可廢除的吃喝當中的。

五十年後猶唱《青春之歌》

於今侈談「蒐書」之事，不外乎緣分。

自古文人慣將南來北往四處尋覓購書俱稱作「訪書」，這個「訪」字形容得極好，不僅意味著書籍作為文化商品就像優秀人才般難以獲致，亦透露出早在過去紙本書冊仍普遍匱乏的年代人們不吝愛書惜物的那份溫潤情懷。但儘管你心存掛念，致力於蒐羅之勤如同農人「巡田水」，實際結果卻往往未必盡如人意，所謂「得之我幸，不得我命」，很多時候即便眼前鍾愛之書終將「不復歸我手」，但至少冀求「過眼」一顧，如是而已。因此，能否找到一部好書，往往還需講書緣、人緣。有時是可遇不可求，絕非有錢就能買到。

至於現下這幾年我則感到「好書」確實真是愈來愈難找了，尤其是有些年歲久遠的、絕版多年之書，近來更伴隨著兩岸三地網路圖書拍賣交易日益熱絡，不少詩集小說乃至畫冊攝影集相繼在市場上屢屢創下驚人天價，成了一般讀者大眾難以親近、名副其實水漲船高的昂貴「珍本」。

比方早期台灣文壇曾一度盛行出版（或自印）個人詩文結集，但因這類作品通常印量稀少（約莫不過五百本）、每每被排除在一般書店行銷通路之外而未能廣為流傳迄今，倘若再經歷數十年的時間洗練，或經藏書主人幾度輾轉搬遷之故，大抵能夠遺留下來的已是所剩無幾，更遑論品相完整無缺。

可偶然幸運的是，當人恰逢因緣際會、書緣所至，就算你不去刻意找書，某些書籍本身卻彷彿有靈似地，也會主動來找上門。

話說今年（二〇一一）初春時節，適逢台大校內「原住民圖書館」策畫舉辦已故版畫家「陳其茂生平作品回顧展」，展覽期間該活動承辦人阮紹薇小姐突然轉交給我一份意外之禮，說是受陳其茂夫人丁貞婉女士囑託的一部贈書、以回謝我在拙作《裝幀時代》撰述陳其茂專文篇章的機緣。而當我定睛往手裡一瞧，才驚覺這竟是當年由詩人方思編纂、陳其茂繪製木刻插圖的罕見原版詩集《青春之歌》。

在此之前，雖說我早已從張默編纂《台灣現代詩編目》當中得知《青春之歌》一書的存在，也曾在國家圖書館台灣分館書庫裡翻覽過它的內容和裝幀面貌，可惜畢竟由於是公家單位存放五十多年的老書了，當時所見整部書況品相都不是很好。儘管如此，從其紙本墨跡歷經歲月風霜的劫後殘貌看來，仍可依稀想像當年那個曾經以木刻版畫和詩集甚為流行的文學時代，《青春之歌》可謂兼具「詩文創作」與「圖版畫冊」雙

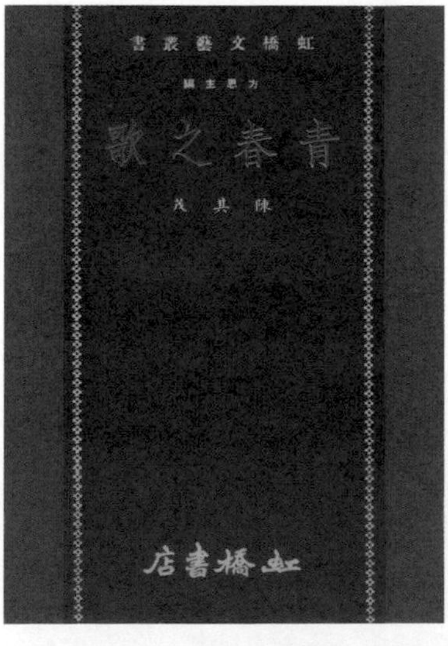

《青春之歌》（詩集）／方思主編／1953／虹橋書店
裝幀／方思．木刻／陳其茂

《青春之歌》內頁版畫「玳瑁的夜」／陳其茂木刻

《青春之歌》內頁版畫「陳其茂・貓與維納斯」／陳其茂木刻

《青春之歌》內頁版畫「原野的風聲」／陳其茂木刻

《青春之歌》內頁版畫「牧」／陳其茂木刻

重形式，其裝幀設計之優美、內頁印刷之精良，不僅於老一輩愛書人眼中堪稱絕代珍品，即便到了今天也依然風華不減、歷久彌新。其中各輯詩文內容雖有殊異，但從整體編排看來，卻都同樣充溢著一股青春氣息。

被譽為台灣現代版畫的拓荒者，一九五三年陳其茂在詩人方思的協助編纂下，於「虹橋書店」出版了他自福建廈門來台定居後的第一本抒情木刻詩集，此書作為陳其茂與眾位詩人好友（方思、李莎、楊念慈）的四人詩文合輯，書中搭配刊印的這些版畫幾乎都是他在四〇年代末期棲居花蓮師範任教期間，深刻體驗當地鄉間生活、以原野田園風光為主題的寫實傑作。

對於這部罕見的詩集珍本我雖已渴盼許久，多年來卻未曾有幸在各家書店書攤上相遇，原以為往後大概再也難能尋覓，可沒想到此時卻因《裝幀時代》一書聯繫起寫作者彼此之間微妙的情分牽絆而終得償所願。

比起國圖館藏早期絕版詩集書衣大多已不堪頻繁翻閱，因此只得重新裝訂另一醜陋制式封面的情況，丁貞婉女士贈我的這部《青春之歌》從內到外顯然仍極其難得地保持著最初的裝幀原貌。相較於此，須知過去台灣公家藏書單位基於保護書籍內容為優先而犧牲（捨棄）原版書衣外觀的普遍做法固然難以周全，但在如今現代印刷裝訂技術日新月異的發展條件下，試問我們難道不能找出更好的辦法讓那些幾十年來躺在書庫裡飽經歲月侵蝕後僅存破舊殘貌的絕版老書再顯昔日風華嗎？

此處讓人深思的是，最近台灣文化界逐漸興起一股「復刻」風潮，不惟老唱片要復刻、手錶要復刻，甚至就連知名老品牌牛仔褲也都跟著出復刻版，而歸結人們之所以如此熱中收藏「復刻」的原因，大抵不外乎為了滿足與紀念過去曾經擁有的某種美好記憶，同時對於經典復刻的重生，先前來不及擁有的人們也有機會重新收藏。那些真正的經典，本質往往歷久而不衰，即便歷經多年，對人們仍具實用價值，而不單只能做為紀念品或收藏品。

而同樣聯想書衣（封面）也是，一本絕版老書倘若少了品貌完整的原版書衣，就像看見一只缺了口的骨董瓷器。

這讓我不禁想起了作家鍾芳玲曾在《書天堂》裡介紹了一位專門複製、修復書衣的藝匠高人，據說他四處搜羅各種絕版書衣將之掃描建立圖檔資料庫，繼而透過精湛的電腦修圖技術，把原本可能字跡模糊或破損的老舊封面圖像予以細心修復，整個過程宛如進行一場高難度的整容手術，甚至有些藏書家數十年找不到某張書衣，最後竟然在這裡尋覓到替代品，簡直令他們熱淚盈眶。我衷心盼望台灣圖書（數位）典藏單位在不久的將來也能替讀者大眾做到這樣貼心的專業服務。

台南舊書店行腳

「你是台北人？看來一點也不像啊！」約莫從大學時代開始，我便不時遭遇類此夾帶些許玩笑意味的詰問，因我從不愛喝咖啡、不愛逛精品店、做事不喜歡拐彎抹角，乃至在大太陽底下不怕熱以及熱中本土舊事物更甚於追趕國外新流行等等緣故。而我，也總是愈來愈難以分辨：這句話到底是讚美還是嘲諷？

但有趣（弔詭）的是，對於自小在台北三重埔出生成長、卻每每被認為「很不像台北人的台北人」如我，一提及淘書、逛書、蒐書之樂，最令我眷戀不已的終究還是台北的書店。

話說一個城市的形象，其實是所有在這個城市裡生活的人們共同塑造出來的。同樣地，置身於不同城市環境底下的每家書店也都有它各自迥異且獨特的精神氣質。這份氣質往往蘊生於一種空間氛圍，亦鏈結著人與人之間的書緣情分。

回想不久前，我曾在舊書攤偶得《竹園村》、《春風》等數部「省政文藝叢書」小說，該套書乃是早期台灣省新聞處於六、七〇年代期間發行一系列以省政建設為題材的文學創作，由於隸屬官方出版「非賣品」之故，市面上流通極少，但因編撰內容當時邀集了許多著名的本省與外省作家進行創作，且見證了三四十年前台灣社會甫從農業時代轉型為工商時代的遞嬗過程，加諸「省政文藝」封面設計皆由早年木刻繪畫名家（如陳其茂、方向）操刀，色彩瑰麗風格強烈，宛如品嘗一壺塵封佳釀歷久彌新。吾輩

《春風》（小說）／童世璋著／1969／台灣省政府新聞處
封面設計／陳其茂

《竹園村》（小說）／呼嘯著／1971／台灣省政府新聞處
封面設計／方向

書友之中，Ayano顧小妹向來對於台灣五、六〇年代絕版小說偏愛尤甚，特別是這套「省政文藝叢書」她早已掛心良久，只盼有朝一日能把它蒐齊聚全。於是在我幾經入手翻讀後，便即毅然決定拿它與Ayano換書以全成人之美，我只掃描封面自留圖片存檔。

正所謂「書去留蹤」，有些珍本儘管過眼而不藏亦不失其樂矣。

竊以為逛舊書攤淘舊書，最重要的，不外乎冀求追回那些自己過去已來不及趕上而曾經錯過的，抑或置身於不被當下時空遺忘的微妙氛圍當中。浸淫在故紙堆裡渾然忘我，終究是希望自己記得，某些人事物曾經存在的必須。

恰逢今年十二月底，國立台灣文學館邀我南下府城進行一場有關舊書收藏的專題演講，對於我這早已染上書癮重症的愛書之人來說，考量講演活動本身固然要緊，但在既定行程以外令我更加懸念的，卻是能夠趁此機會走出台北，順道耗上一整日悠閒時間，徜徉於南台灣明朗的陽光底下踩街探訪城內各家二手書攤書店。

大致就區位來看，台南市區內的舊書店約莫平均分布在幾條主要街道，比如匯集眾多百貨商家的北門路、鄰近孔廟觀光區的南門路與忠義路，以及靠近大專學校文教區的前鋒路和大學路西段等。

其中，位處孔廟一帶隔街相望的「草祭二手書店」庶幾占盡地利之勢，除了相鄰文神「孔夫子」加持鬻書店家的生意象徵不消說，店裡一落又一落新舊建築風格混搭的室內空間設計更是別具洞天，差不多從正午時分一開店起，我見門外老早就有一排年輕顧客等候入內瀏覽訪書，儼然直把「草祭」當成了一處質感獨特宜古宜今的都市型觀光景點，迥異於同在南門路落腳、偏向「新古書」（如日本Book off）型態經營大眾通俗路線的「雲海二手書店」。

在市區裡，各個不同街道性格鮮明，順著東、西、南、北門四路遙望街道盡頭均有圓環接壤，予人進出「城內」、「城外」的意味濃厚，相信即使是初來乍到的陌生訪客也不易迷失其間，隨興遊逛之際當真有些八〇年代台灣小鎮社區書店的悠閒韻味，彷彿讓人回到了小時候的童年歲月。

由南門逕向東門走去，過了圓環不遠便可瞧見坐落三層樓招牌高掛的「府城舊冊店」，店主潘景新、潘靜竹實屬有心之人，兩人在五年前將各自經營的「好望角二手書店」、「天使書屋」合併為一，自此益發致力於台灣本土文化的出版與推廣，近年來更不斷持續發行以羅馬字台語文編寫的《首都詩報》雙月刊。此店既敢自詡冠上台南舊稱「府城」（Tainan City）之名，果然也確切讓我這趟淘書之旅不虛此行。

撇除了先前沿途一窺老字號「金萬字」舊書店與北門路「成功書局」、「北門舊書店」

架上幾已遍尋不著（六〇年代以前）真正絕版老書的喟嘆下，輾轉來到「府城舊冊店」二樓展覽書區，訝然看見書架間竟藏有數本黃華成主編《劇場》雜誌、朱嘯秋的《文壇》、成堆零散的「藍星詩社」、「啟明出版社」與「重光文藝」絕版品，以及一整套白先勇發行的《現代文學》雜誌等，這時總算才教我眼睛一亮。而我以為此行最大收穫，則是發現了早年擔綱《皇冠》雜誌美編的設計家高山嵐，曾在學生時代替同鄉好友郭文圻[1]出版詩集《白鳥》一書繪製封面。

畫面中，高山嵐純以抽象的圓弧線條及藍白色塊構成，風格全然不同於他自師大藝術系畢業後任職「美新處」與《皇冠》雜誌時期常見融入剪影山水人物等傳統民俗語彙的極簡寫實主義（Minimal Realism），靠近邊緣一角還可清楚看見高山嵐掛名設計的漢文「山」字簽名式（而非他後來普遍常見的英文拼音「kao san lan」）。

據我所知，這本郭文圻《白鳥》詩集可說是目前僅見高山嵐創作年代最早的封面設計，上網查找全國圖書館藏資料庫也未見收錄，類似這般近乎「孤本」的罕見之書，彷彿冥冥之中也只有像「府城舊冊店」這樣的深耕在地書店，才能有緣把郭文圻、高山嵐這兩位古早台南人聯繫起來。

[1] 郭文圻（一九三三－　），台南市人，台灣師範大學畢業，曾任台南市立金城中學英語教員，詩作及譯詩登於《文壇》、《皇冠》等刊物。

我想，這大概就是老一輩淘書客經常掛在嘴邊所說：表面你以為是「人在找書」，暗地裡往往卻是「書在找人」！

事實上，有道是「亂世藏黃金，盛世炒古玩（舊書）」，你會發現今天無論在台北、台中或台南其實都一樣：那些有限的絕版好書真是愈來愈難找了。

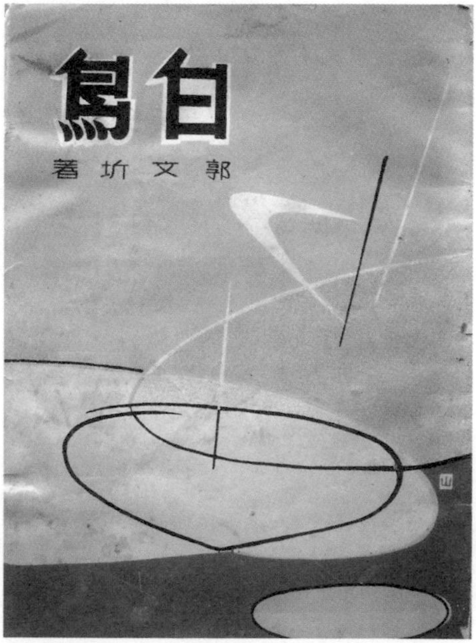

《白鳥》（詩集）／郭文圻著／1955／詩與音樂雙月刊社
封面設計／高山嵐

直到翌日搭高鐵北上返還，偶然想念起南台灣府城書肆星羅棋布晃晃悠悠的古城韻味，隱約覺得即使過了一二十年後似乎也不會有太大變動。相較之下，反觀匯聚了最多島內文教資源所在的台北舊書業倒是年年各家爭鳴推陳出新。儘管我們都說台灣古舊書市場較小、一般客層重疊性較高，然而，每隔一段時間幾乎都還是不斷傳出有新開的（二手）書店商家持續投入這一行業，尤其近一兩年更逐漸呈顯出以台大師大城南一帶作為書肆核心的群聚態勢。

不過話又說回來，一般人讀書嘗以實用為依歸，書痴讀書則是講求質感、氣味和觸覺。因此，無論書店的外在環境如何變化，許多後繼愛書之人迷戀舊書的種種瘋狂舉動總是永遠不會消失。勘破紅塵俗世之外，你我對於絕版書物的懷舊不啻為一種複雜情緒交織的感覺對照，它不僅帶給人們今時感嘆「滄海桑田」的情感餘韻，同時也教你試著拉開距離回眸直視「昨是今非」的種種現實荒謬。

台灣本土美術家的大河劇小說

我讀《紫色大稻埕》

自從大學時代開始迷上小說家新田次郎的《武田信玄》、山岡莊八的《織田信長》等作品迄今，且由小說文本延伸至電視連續劇，這幾年固定觀看日本NHK製播「大河劇」幾乎已成了另一種「閱讀」習慣，也是讓我足以深入淺出認識日本近代歷史的重要管道：從唐澤壽明與松島菜菜子主演《利家與松》到渡邊謙演繹《獨眼龍政宗》，從安土桃山時代的戰國大名到幕府末年維新革命的浪人劍客，武士的忠義、大時代的激盪，搭配考究的服裝場景、頂級明星的豪華出演，將原本沉重刻板的歷史陳述交織為一幕幕令人心神嚮往的浪漫傳奇。

在日本，大河歷史小說長期受到大眾讀者歡迎，一直是當代文壇與出版市場重要主流之一。如果說，取材自某段橫跨時代背景、圍繞眾多人物情節環環相扣的NHK大河劇作為當今日本現代社會普遍回歸凝聚傳統精神的「國民文化」象徵。那麼相對而言，歷經五十年日本殖民統治的台灣本身，是否也有類似這般予人回味無窮且自成一格的敘事題材呢？

長久以來繚繞在心底的這般困惑，直到晚近將屆七十高齡的謝里法以日治昭和年間大稻埕為舞台撰述台灣第一代本土畫家小說《紫色大稻埕》鉅作問世之後，方始提供了我一個初步勾勒成形的可能答案。

追溯此書原始創作動機，謝里法想起年輕時候對於西洋畫家的了解大多來自外國電影，此後負笈海外學畫十餘年，回過頭來卻發覺故鄉台灣竟仍沒有一部以本土畫家為主題的電影或連續劇，從而暗自埋下了心願伏筆，矢志要以戲劇手法寫成一部記錄台灣美術歷史場景的史詩小說。

你是將來台灣畫壇上最可怕的人物——永恆藝術始終令競爭者畏懼

談到歷史研究與小說寫作兩者的差異，謝里法認為：「歷史每每越寫越假，而小說寫到感動時卻反倒是真。」若欲客觀評價《紫色大稻埕》一書，必然不可忽視謝氏大半生寫作歷程之宏觀變遷。

由一九七六年《藝術家》雜誌創刊專欄連載的首部經典論著《日據時代台灣美術運動史》，乃至千禧年前夕（一九九九）延續個人熱忱四處查訪台灣前輩畫家蹤跡的回憶集《我所看到的上一代》，在某種程度上，作者長年游移於歷史撰述與藝術創作兩者不同角色之間的擺盪掙扎痕跡始終顯然易見。

其實早在前作《我所看到的上一代》序言中，謝里法即已坦然透露出日後隱忍不住「代畫家發言」的某種情緒端倪，他說：「寫《上一代》，有意無意之間我融入了太多的自己，甚至站出來替畫家說話，是寫完之後重讀才發覺到的。若說這是野心，我也無須否認……。」[1]

1 謝里法，一九九九，《我所看到的上一代》，台北：望春風文化事業，頁一七。

正因在他內心隱藏著這股揮之不去、向來同具畫家身分的共鳴情懷，謝里法費時三年撰成長篇小說《紫色大稻埕》描寫同行前輩之際，也就更執意著墨於「有血有肉」的人物性情而相對地愈加痛斥所謂「冰冷」的學術論說了。

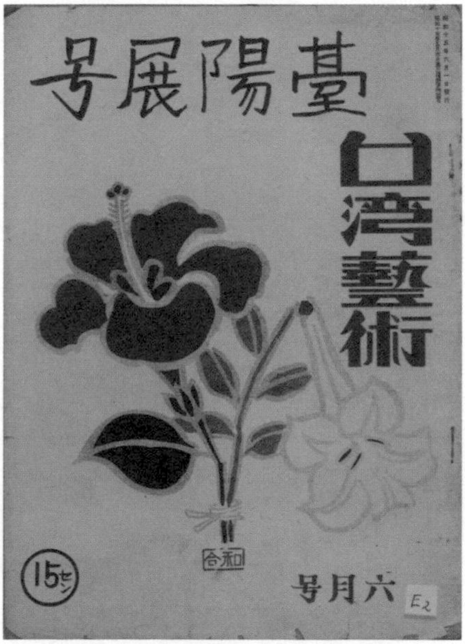

《台灣藝術》（臺陽展號）／昭和15年（1940）／台灣藝術社發行

作為一個受到日治時期台灣美術文化長期薰染和對它有著深刻感悟的研究者，謝里法結合史料進行藝術構思，作些合乎情理的想像，自當無可厚非。透過小說敘述方式，《紫色大稻埕》試圖從歷史視角著眼，在營造歷史語境的同時，不斷地進行著言談對話的虛構和歷史人物的重塑。最終，他要讓這些台灣重要的前輩畫家有機會重新活在當下的時代舞台。

於是，《紫色大稻埕》通篇分別以生長在富裕之家而畢生參與沙龍美展贏獲榮銜的李石樵、窮苦出身而自學有成的郭雪湖、從小自食其力並由傳統繪畫轉往民間工藝美術發展的顏水龍，以及大稻埕富商陳天來之子、島內最早負笈法國習畫的陳清汾等四位不同典型畫家為主角，展現了有別於一般歷史傳記小說的多線敘述情節。

三十多年前，謝里法秉持史家之筆在《日據時代台灣美術運動史》刊錄了二十六歲英年早逝的前輩畫家陳植棋，透過妻子轉述給青年李石樵的生前遺言：「你是將來台灣畫壇上最可怕的人物」，這句夾帶著讚嘆與戒慎對手才華的衷心話語，不料竟成了往後貫穿《紫色大稻埕》整部小說最為關鍵性的一則寓言魔咒。

此處，著重營造戲劇高潮的小說文本總是不乏有關畫壇人物相互較勁對峙的渲染情節。

我倏然想起前年（二〇〇七）因著迷於義大利詩人畫家Modigliani一生浪蕩行跡的英國編劇奇才米克・戴維斯（Mick Davis）執導《畢卡索與莫迪里亞尼》這部傳奇影片。劇中主角莫迪里亞尼﹝安迪・賈西亞（Andy Garcia）飾演﹞一出場即以高傲姿態刻意挑釁，惹惱了原本安坐咖啡廳角落正向身旁友人炫耀畫藝的畢卡索﹝歐米德・吉亞李利（Omid Djalili）飾演﹞。其後在另一畫展公開場合上，畢卡索欲向莫迪里亞尼討回前番羞辱之仇，他手持畫筆的架式像舞劍，眼神像決鬥，四周吸引不少圍觀群眾，這般劍拔弩張一觸即發的「畫家對決」場面，堪稱近年來同類電影裡極富戲劇張力、可也相當「灑狗血」的經典片段。

感慨《畢卡索與莫迪里亞尼》全片所述，兩位同時代畫家表面上雖是生命中的宿仇勁敵，骨子裡卻是彼此惺惺相惜的藝術同道。

相較於單純聚焦在兩位個別畫家一再凸顯的競爭對立，謝里法構築起眾多藝術家角色對話的小說創作《紫色大稻埕》恆常牽動著三〇年代台日國族認同與社會階級差異等敏感界線，其間涉及藝文圈內暗潮伏流的競合關係無疑又更為龐雜隱晦許多。

比方提及當時畫會組織之間的較勁與對抗，作者不僅頗堪玩味地指出以學習背景劃分為「大稻埕貴族」（曾經留學法國）與「國王的人馬」（台灣西畫教父石川欽一郎門下學生）兩種派別的生動說法（頁二九三），另針對日本官方籌辦「台展」與台灣畫家自組「台陽展」彼此明爭暗鬥，在一場李石樵展出〈橫臥裸婦〉裸女畫卻遭日本警方取締的著名歷史事件當中，謝里法還特別安排了日籍畫家鹽月桃甫作為調停此番爭議、且暗地替台灣畫家發出不平之鳴的關鍵人物（頁二七〇—二七四）。

但最讓人感到匪夷所思的，應莫過於書中提到顏水龍的美術助手「藤島」（謝里法描寫他的南九州口音曾讓顏水龍想起日籍恩師「藤島武二」），其另一真實身分竟是總督府派來監視他的日本特務！

徜徉在「波麗路」、「山水亭」文化沙龍

透過斷斷續續穿插小說橋段的多重對話，以及描述書中各個人物性格、行事作風和藝術理念的參照對比，《紫色大稻埕》不惟意欲彰顯畫家主角的內在靈魂，也試圖讓我們更加清楚檢視——何謂藝術真諦？

《紫色大稻埕》／謝里法著／2009／藝術家出版社

小說作為以虛構情節為主的文學體裁，為了能讓讀者產生「身歷其境」的感覺，其整體故事梗概可以是虛構（謝里法自稱《紫色大稻埕》情節真實度只有二成），但在情感基礎與生活細節層面的描寫卻必得源自真實。

自從開筆寫作《日據時代台灣美術運動史》之後，謝里法便努力蒐集各式台北老地圖，多年來不斷在地圖上尋找童年回憶。

據此以往，作者方能生動地勾勒出日治台灣社會文人藝術家（俗稱「文化仙仔」）種種城市生活寫照，成為《紫色大稻埕》全書最富可看性的民俗采風精采篇章。其中，幾個比較熱絡的主要對話場合皆大抵不離所謂「三廳」空間，包括：咖啡廳（波麗路、錦記茶行）、飯廳（山水亭、蓬萊閣酒樓、大稻埕富豪李春生與陳天來的宅邸家宴）、展演廳（台北公會堂、台北教育會館、永樂座戲院、台中公會堂）。無論是祝賀畫展順利落幕的慶功宴上，或是宴請地方士紳名流的會客席間，就在畫家主角們彼此舉杯斟斛、酒酣耳熱之際，每個人幾乎都搶著有話要說，關乎藝術理念你來我往的爭辯火花遂由此展開。

在這賓主交遊盡歡的沙龍聚會裡，能夠同時滿足、激發藝術家口腹食慾與創作慾的各種美食當然也不可或缺，端看《紫色大稻埕》部分章節本身簡直成了一道飽覽三〇年代台灣本地飲食文化的味覺饗宴。

日治時期大稻埕太平町是台灣當時茶葉的交易中心，市容繁忙，人力車來往頻繁。
圖片來源／藝術家出版社

譬如當年號稱島內第一位到法國學美術的畫家陳清汾不僅專擅繪畫，在謝里法虛構情節筆下的他更同時精通法國料理廚藝並自創了「咖哩鴨飯」這道名菜，也經常宴請朋友們品嘗改良式的法蘭西洋蔥湯、香蒜麵包還有大稻埕洋行的高級紅酒（頁一九三）。提及台北道地美食，作者亦隨處點綴素描永樂市場的鴨血糕、當歸鴨（頁三二六）、山水亭的炒米粉，以及圓環攤食的肉丸、雞卷、魚丸湯、蚵仔煎、炒豬肝、豬腰、米糕、芋圓等傳統小吃（頁四九五）來禮讚真正屬於大稻埕人的市井生活。

如此良辰美景，有土菸、有洋酒、有美食，再搭配上「山水亭」老闆王井泉與林振生、王百鍊合組「大稻埕吉他三重奏」（頁二三〇）臨場出演民謠曲調的歌舞狂歡，徜徉在各種味覺與聽覺享受之中，謝里法栩栩如真地形容：「〈波麗路舞曲〉的樂聲愈來愈響亮，對於吃咖哩鴨的人有助興作用」（頁四一八）。及此，藝術家的生命熱情也就愈加激昂勃發了。

暴雨前夕——結束在櫻花盛放的大稻埕天空

長篇小說《紫色大稻埕》涉及諸多人事變迭幾乎延續前番著作《日據時代台灣美術運動史》整體時空脈絡，作者套用人物對話形式鉅細靡遺地詳述了一群台灣青年畫家的奮進心路歷程。

若比較前後兩部作品敘事情節推演之最大差異處，乃是小說當中憑空增添了朝鮮舞蹈家崔承喜來台巡迴演出的歌舞橋段。特別是在文人歌唱家呂赫若高歌一曲台語歌謠〈一隻鳥仔哮啾啾〉獻聲下，崔承喜隨歌起舞即興演出，致使全場觀眾歡呼雷動的這場虛構情事，於焉成了整齣《紫色大稻埕》劇本裡將歌舞元素引領至最高潮的夢幻場面。

重回當年畫家主角們矻矻追求、渴盼藉此顯耀登龍的時代舞台——「台展」（台灣美術展覽會），這個官辦美術沙龍連續舉辦了十屆（一九二七—一九三六）後，到了一九三七年因中日戰爭爆發等因素而停辦一年，在無情戰火尚未延燒波及台灣之際，作者即以翌年（一九三八）首屆「府展」開幕前夕各方藝壇老友赴宴「山水亭」感嘆人事皆非、時不我予的一場聚會上戛然而止。

此情此景，猶如小說封面描繪的櫻花寓意：「當它綻放到極致時，便是生命結束。」這樣的結局，未必是身為晚輩的我們所能深切體會，卻已是作者內心認定「該當如此」的落幕畫面。

對於謝里法本身而言，或許也由於不忍見心儀景仰的這些畫家人物日益凋零，故而給了小說一個暗示狂風暴雨即將到來的太平結局。

身在戲局之外的我，撫讀《紫色大稻埕》以小說原型嘗試將台灣美術史人物介入戲劇舞台的創作初衷早已動念良久而深感共鳴。二〇〇五年台灣導演黃玉珊嘗以《南方紀事之浮世光影》敘述雕塑家黃清埕生平故實——首開本土藝術家電影先例，但由於劇情安排、演員表現、場景調度等因素，使得該部影片尚不足以成為箇中經典。

此後我便經常設想：假若台灣藝術家故事可逐漸拍成像日本NHK製播「大河劇」那樣的影片，該以哪位畫家主角率先登場呢？

日治初期永樂町尚稱「南街」，還只是泥土道路。
圖片來源／藝術家出版社

與《紫色大稻埕》人物選角截然不同的是，我心目中第一部影片男主角首選版畫家黃榮燦，曾將二二八事件刻繪在版畫作品的他來自上海，極其活耀於光復初期台灣藝文界，昔日三度親訪紅頭嶼（蘭嶼）壯舉開啟了爾後楊英風、顏水龍的蘭嶼因緣，最終卻在國民黨白色恐怖冤獄底下不幸喪生。

至於再擇另一部影片女主角，我獨鍾情於長年旅居東京、僅一心要將作品入選「帝展」而少與美術界往來的唯一女性畫家陳氏進（陳進）。參照日治時代瀰漫些許大男人氣氛的台灣美術圈，當年陳進每以「未嫁女性」不宜在外活動為由拒絕外來陌生訪客，這樣的背景尤令我感到好奇，為什麼中國大陸可以堂而皇之拍出《潘玉良》，而台灣人迄今看待這位被蒙上歷史面紗的閨秀畫家陳進卻相對陌生？

日治時期楊三郎於自宅宴請畫壇人士，前排坐者右起：鹽月桃甫、藤島武二、梅原龍三郎、楊三郎、顏水龍，後排立者右起：陳澄波、洪瑞麟、立石鐵臣、李梅樹。
圖片來源／藝術家出版社

新書記者會上，謝里法笑對應答曰：「寫小說的過程中，每次看到電視的某個演員，心裡就在想：『由他演主角廖繼春最合適，或者將來拍電影一定要找他演李梅樹。』」簡言之，這些角色似乎在他心中都已經挑選好了，彷彿只要有攝影機就可以拍成影片。

而我，眼前最想探知的，無疑當是作者暗自屬意，卻不曾出現在他書裡的這份演員名單。

輯三

裝釘浪漫

近代東洋裝幀考

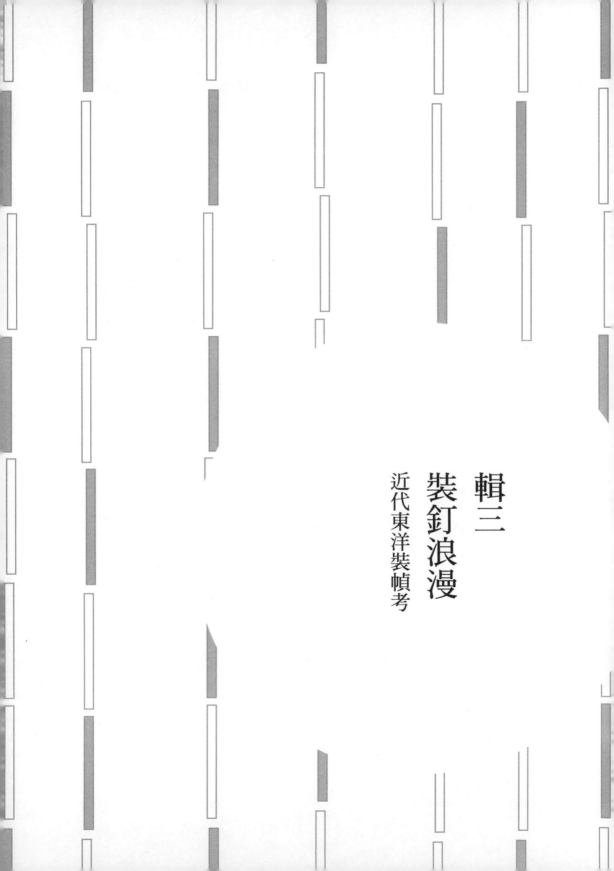

明治浪漫主義世紀末之夢
藤島武二的裝幀藝術

我黑亮的亂髮糾纏復糾纏
亂如思念你的千萬心緒
講什麼道德，想什麼未來，問什麼聲名
相視又相戀，此刻唯有你和我
為了懲罰男人們的重罪
神給了我這光滑的肌膚、黝黑的長髮

與謝野晶子，一九〇一，《みだれ髮》（亂髮）

在她二十四歲那年，一位喚作「鳳晶子」（筆名「與謝野晶子」，一八七八－一九四二）的年輕女孩終於下定決心離家出走、並且不顧父母親的反對，隻身私奔前往東京和已是有婦之夫的《明星》文藝雜誌主編與謝野鐵幹（一八七三－一九三五）兩人相會而同居。就這樣，為愛義無反顧、宛如彗星般登場的青年女詩人於焉發表了自己生平第一部詩歌集《みだれ髮》（亂髮），其嶄新自由的語言韻律與大膽直率地傾吐青春情愛的歌詠內容不僅對於日本近代文壇造成極大轟動、且為傳統和歌形式注入新的活力，包含字裡行間屢屢透露出夢幻般的遐想與反封建意識，更是衝擊了當時整個社會的倫理、道德以及精神價值觀。

書名《みだれ髮》源自前輩女詩人和泉式部的短歌，這部堪稱日本文學史上劃時代的名作詩集可謂深獲當時年輕人的一致共鳴，其作品風格亦被稱作「晶子調」，後為眾多青年一代詩人競相模仿。

話說當年負責該書內頁插圖與封面裝幀者，乃是日本明治末期至昭和時期鼎鼎大名的學院主流派西畫家藤島武二（一八六七—一九四三）。畫面中，藤島武二以一名女子滿頭亂髮填滿心型輪廓、絲毫無畏於外界眼光箭矢刺穿心臟作為愛情形象主題，藉此展現女詩人（與謝野晶子）為追求個人感情自由而不惜向整個社會與命運抗爭的象徵意涵。

此處端看該幅封面女子臉部覆蓋著一頭長髮如流水般飄逸盤繞，加諸富含裝飾氣息的花朵點綴其間，以及鮮豔華麗又不失和諧的色彩搭配，均顯見在造型風格上受到十九世紀末歐陸「新藝術運動」（Art Nouveau）畫壇巨匠慕夏（Alphonse Mucha, 1860-1939）的深刻影響不言自明。另外，為了將構圖中的文字元素予以圖案化，設計者常有把原字簡化或省筆之舉，因此藤島武二遂以書名《みだれ髪》當中的平假名「み」改為片假名「ミ」，就像五〇年代台灣設計家廖未林在王藍小說《藍與黑》封面也曾把「與」字刻意寫成了「与」。

追想百餘年前，就在德川十五代將軍決意「大政奉還」正式結束江戶幕府末年（一八六七）、出生於九州鹿兒島的藤島武二自幼即追隨「四条派」畫家川端玉章學習東洋畫，十八歲時立志轉向投入西畫創作。三十歲那年（一八九六）參與同鄉畫界前輩黑田清輝提倡「外光派」畫風所組美術團體「白馬會」[1]，同年在黑田氏推薦下就任東京美術學校西洋畫科助教授。

約莫自明治三十四年（一九〇一）起，藤島武二開始替與謝野鐵幹和與謝野晶子共同刊行的文藝雜誌《明星》[2]繪製系列書刊封面及插畫，其間遭逢「日俄戰爭」爆發（一九〇四），與謝野晶子於此發表了著名反戰詩篇〈君死に給うことなかれ！〉（你不能死去！）、文中直言不諱地向當時被日本軍方徵召前往中國旅順打仗的親弟弟籌三郎表明痛斥軍國主義思想的荒謬，以及表達參戰者家屬的憂心和無奈，隨之陸續出版了唯美主義短歌集《小扇》、《舞姬》、《夏より秋へ》（從夏到秋），以及與謝野氏夫婦合著詩集《毒草》等，當時一貫出自藤島武二手繪的這些書籍封面無疑皆屬箇中經典。

於此，特別是在詩壇友人上田敏（一八七四－一九一六）撰寫序文譽之為堪比法國波特萊爾《惡之華》的詩歌鉅作《毒草》一書裡，藤島武二採用了早期出版詩集常見近

---

1 「白馬會」成立於明治二十九年（一八九七），為日本近代美術史上最早帶來革新概念且具有廣泛影響力的洋畫（西式繪畫）團體，由一批早年留法的日本畫家回國後所創，主要成員除了黑田清輝之外，還包括久米桂一郎（一八六六－一九三四）、藤島武二（一八六七－一九四三）、岡田三郎助（一八六九－一九三九）、和田英作（一八七四－一九五九）、山本芳翠（一八五〇－一九〇六）、合田清、小林萬吾（一八七〇－一九四七）、長原孝太郎等。該畫會創立宗旨在於提倡新繪畫的自由思想，並強調以客觀清明的態度看待傳統。

2 《明星》雜誌，以詩人作家與謝野鐵幹為核心、隸屬同人結社「東京新詩社」所發行的文藝月刊誌，自明治三十三年四月創刊，至明治四十一年十一月停刊為止，共發行一〇〇期。該刊物內容主要譯介西洋近代文學為目的，並且具有鮮明的唯美主義傾向。

似正方形開本為底，版面編派主要仍以帶有鮮明「新藝術」風格華麗多彩的花卉蔓草曲線圖樣為特徵，並將書名「毒」字下半部字根旋轉四十五度作巧妙結合，至於另一「草」字則取仿古文「艸」有如神社門型牌坊儼然矗立，整體字文背景紅綠相間、虛實互補，饒是構成了一幅夢幻絕豔的裝幀設計。而後於大正二年（一九一三），藤島武二受聘主持「川端畫學校」指導後進，早期台籍留日畫家如顏水龍、劉啟祥、李梅樹等人均先後受其教導，其中尤以顏水龍受到影響最深，並曾謂藤島簡化畫面結構的畫法最能表現出台灣風景在強烈陽光下的光線變化。

大抵而言，從與謝野晶子發表詩集《みだれ髮》問世以降，正值明治後期、大正初葉年間，由於日俄戰爭帶來的勝利大幅地改變了日本社會的道德人心，整個島內人民正欲沉浸在戰勝俄羅斯「躍升」成為亞洲第一強國的民族自信以及積極接受外來文化氛圍當中：明治十三年（一八八〇）日本YMCA（基督教青年會）在東京創立；明治三十八年（一九〇五）藤島武二被選派為文部省留學生前往法國及義大利深造（五年後藤島自巴黎返日擔任東京美術學校教授），同年夏目漱石也發表了傳世之作《我輩は貓である》（我是貓），一時之間各種形形色色的新思潮交相碰撞，許多進步刊物如雨後春筍般登場。於是乎，自明治維新以降，積兩代人之功不懈攝取、吸收的西洋文化，彷彿頓時加速萌芽遍地開花，醞釀出一種前所未有的自由、開放的空氣，將人們帶進一個後來稱為「大正民主」（Taisho Democracy）濫觴的新時代。

《毒草》（詩歌集）／與謝野鐵幹・與謝野晶子合著／明治37年（1904）／本鄉書院發行
封面裝幀／藤島武二
書影來源／日本早稻田大學圖書館

《みだれ 》（亂髮）／鳳晶子著／明治34年（1901）／東京新詩社・伊藤文友館發行
封面裝幀／藤島武二
書影來源／日本早稻田大學圖書館

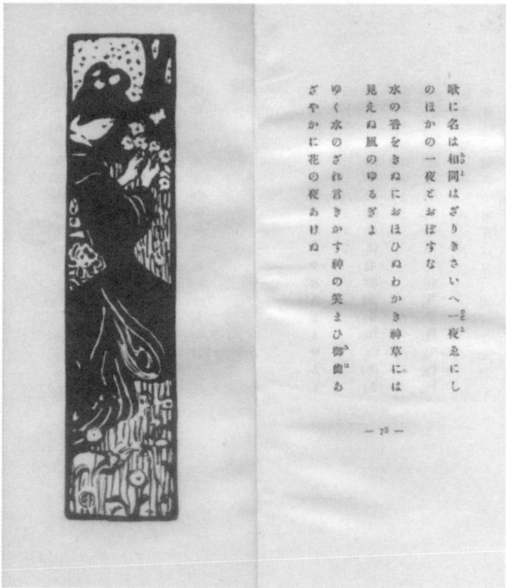

《みだれ 》（亂髮）內頁插畫／藤島武二

《小扇》／與謝野晶子著／明治38年（1905）／東京・金尾文淵堂
封面裝幀／藤島武二
書影來源／日本早稻田大學圖書館

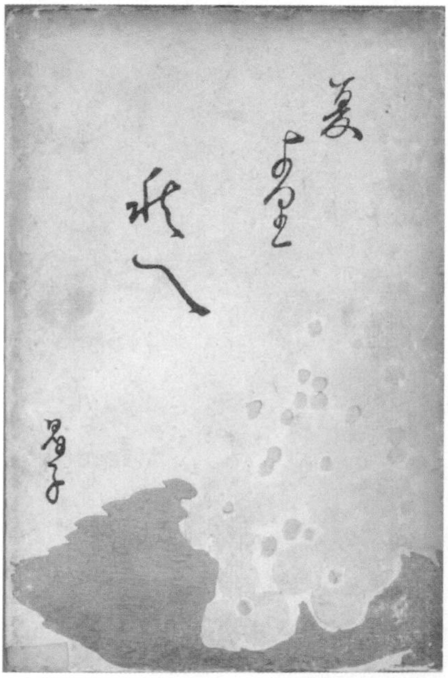

《夏より秋へ》（從夏到秋）／与謝野晶子著／大正3年（1914）／東京・金尾文淵堂
封面裝幀／藤島武二
書影來源／日本早稻田大學圖書館

《明星》（第四號）／ 與謝野鐵幹主編／ 明治35年（1902）／東京新詩社
封面裝幀／藤島武二
書影來源／百城堂書店

作為引領時代潮流的新女性象徵，與謝野晶子當年和與謝野鐵幹兩人不羈傳統封建禮教束縛、毅然相互締結連理的愛情路上也算是轟轟烈烈了。除此之外，同樣與這幫文人作家交遊論藝，且深陷於過去那段猛烈綻放「歌頌愛情就像花朵死亡」的狂飆年代，彼時率先投入書刊插畫及封面設計的明治浪漫主義畫壇先驅藤島武二，亦將逕自開啟一處橫跨美術與文學領域之間交相共鳴的美麗新世界。

早夭的天才裝幀家橋口五葉

當生命綻放繁盛鮮豔到了極致，緊隨其後的便是衰敗，而人的際遇也大抵不外乎於此。

常言道：「藝術天才總是短命」，觀望歷史上那種近乎純粹的、不拘於當代世俗思維的創作者，每每以其大膽奇詭的想像力，構造出波譎雲詭、迷離惝恍的藝術境界，彷彿他們早已洞視這整個平凡且毫無意義的人生，遂將畢生精華盡皆濃縮在短暫而有限的年歲裡發揮得淋漓盡致。

話說日本明治末期被譽為天才的裝幀美術家橋口五葉，最教人惋惜他正值四十壯年之齡便以罹患急性腦膜炎而告辭世。

儘管歷史已然一去不復返，但在某些作品當中卻留下了美麗的憂傷。就像橋口五葉筆下繪製文學家夏目漱石描寫一段同父異母兄妹逆倫畸戀的小說《虞美人草》封面，故事裡那位氣質如蘭的女主角最終因無法得到哥哥的愛而服毒自盡了，這予人感覺竟是那麼悲哀淒美，宛如畫面中那一株株開出美麗花朵的草、帶有豔麗巨毒的虞美人草（罌粟花），卻是往往不被傳統社會（以及道德倫常）所允許的。

虞美人草，雖名為草，可終究還是花。

《虞美人草》（函套）／夏目漱石著／明治41年（1908）／東京・春陽堂
封面裝幀／橋口五葉

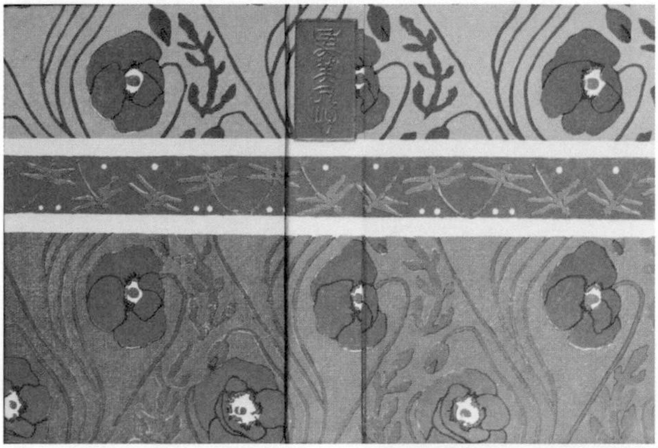

《虞美人草》（表紙）／夏目漱石著／明治41年（1908）／
東京・春陽堂
封面裝幀／橋口五葉

《吾輩ハ貓デアル》（上編）／夏目漱石著／1982年復刻版（初版1905年）／大倉書店
封面裝幀／橋口五葉

《吾輩ハ貓デアル》（中編）／夏目漱石著／1982年復刻版（初版1906年）／大倉書店
封面裝幀／橋口五葉

《吾輩ハ貓デアル》（下編）／夏目漱石著／1982年復刻版（初版1906年）／大倉書店
封面裝幀／橋口五葉

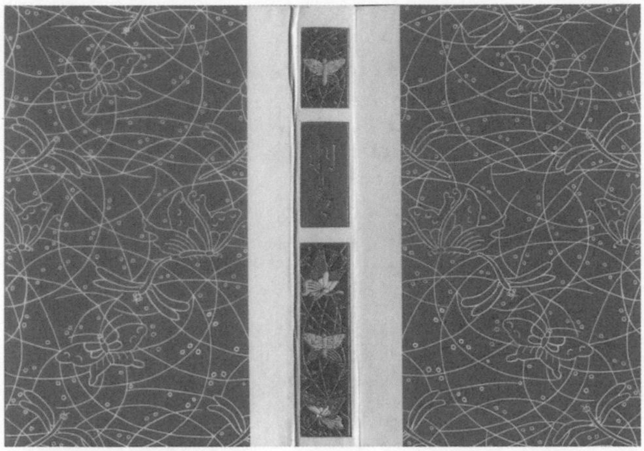

《刺青》（表紙）／谷崎潤一郎著／明治44年（1911）／東京・籾山書局
封面裝幀／橋口五葉

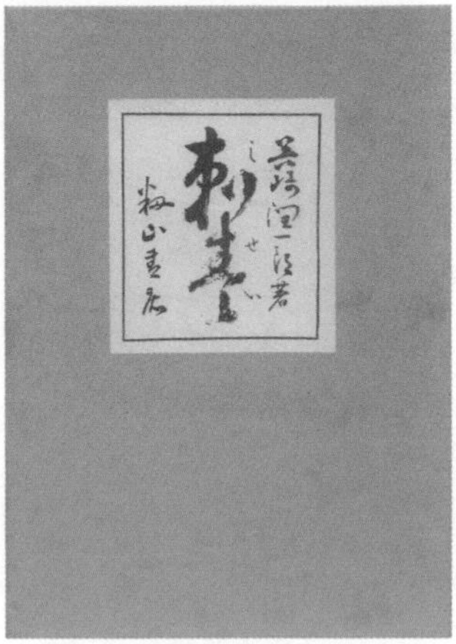

《刺青》（書盒）／谷崎潤一郎著／明治44年（1911）／東京・籾山書局
封面裝幀／橋口五葉

《草合》（表紙）／夏目漱石著／明治41年（1908）／東京・春陽堂
封面裝幀／橋口五葉

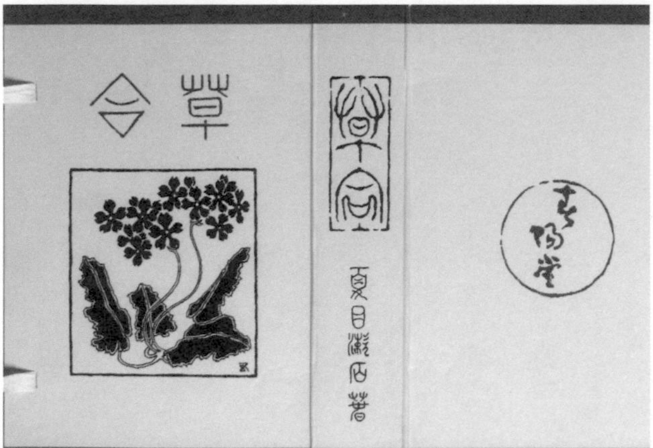

《草合》（函套）／夏目漱石著／明治41年（1908）／東京・春陽堂
封面裝幀／橋口五葉

於今適逢紀念民國百年（二〇一一）恰好是橋口五葉（一八八一—一九二一）逝世九十週年，因而從六月中旬至十一月這段期間，日本千葉市、北九州、鹿兒島等各地方美術館將陸續舉辦「橋口五葉紀念特展」，別開生面地完整呈現出其生前創作，包括油畫、水彩、素描、版畫、繪葉書、裝幀本等三百餘件各式作品。

回想過去，他和當時赫赫有名的畫壇前輩黑田清輝（一八六六—一九二四）、藤島武二（一八六七—一九四三）皆出身自九州鹿兒島縣，橋口五葉可說是早年明治末期、大正年間相當活躍的一位裝幀藝術暨版畫創作者。本名喚作「清」（きよし）的他，據說由於當年在鹿兒島老家院子裡看見一株樹齡三百年的五葉松姿態風雅頗令人神往，故又自此命名「五葉」為雅號。

橋口五葉自幼即隨「狩野派」浮世繪畫師橋本雅邦（一八三五—一九〇八）入門習畫，十九歲時（明治三十二年）隻身前往東京參與黑田清輝創設的新興美術團體「白馬會」轉習西畫，並在黑田氏指導下於翌年（明治三十三年）順利進入東京美術學校西洋畫科就讀。在學期間，因其長兄橋口貢曾經是小說家夏目漱石早年任教熊本第五高等學校時期的學生，於是透過這層師生關係，夏目漱石便推薦橋口五葉開始在詩人小說家高浜虛子（一八七四—一九五九）主導的文藝雜誌《ホトトギス》（杜鵑雜誌）[1]

1《ホトトギス》（杜鵑雜誌），最初由正岡子規的友人柳原極堂於明治三十年（一八九七）創刊發行，刊載內容以俳句作品為主，翌年（一八九八）交由高浜虛子繼任主編，並逐漸轉型為兼容和歌及散文創作，後來包括小說家夏目漱石等人也在此投稿，為當時日本文壇頗負盛名的綜合文藝雜誌，及至昭和二十年（一九四五）九月停刊。

發表插畫創作。

明治三十八年（一九〇五），這時他剛從東京美術學校畢業，橋口五葉便負責替夏目漱石甫初完稿付印的首部長篇小說《吾輩は貓である》（我是貓）繪製封面設計與內頁插圖，並在書中的扉頁描繪藏書票圖案。該篇小說主要採用幽默滑稽的諷刺手法，故事內容由貓以第一人稱視角，講述主人公中學教員珍野苦沙彌的日常起居為主線，其間穿插描寫了鄰居資本家金田企圖嫁女不成、陰謀報復苦沙彌的矛盾衝突，並且譏諷了彼時明治時代知識分子普遍不滿現實、自命清高卻無力反抗的精神生活。

有趣的是，儘管早年夏目漱石據說原本不怎麼喜歡貓，而他起初豢養《吾輩は貓である》裡的這隻貓主角平日相當活潑好動，經常趁主人睡覺毫無防備之際抓撓主人的腳丫子，害得夏目漱石顧不得文豪的體面，時常隨手抓起一根尺子在家中追趕牠。後來（經過四年後）貓因故死亡，興許那時他才意識到他與貓之間早已培養出無可替代的深厚感情，所以特地為貓做了墳墓，甚至還發出「愛貓死亡通知」明信片。

因之，《吾輩は貓である》這部作品不僅確立了夏目漱石在文學史上的地位，且自此聲名大噪，同時也更開啟了橋口五葉日後積極投身於書籍裝幀設計的創作生涯。此後包括夏目漱石的《草合》、《虞美人草》、《三四郎》、《鶉籠》等著作，其裝幀設計皆出自橋口五葉之手，而他和夏目漱石兩人之間的往來關係無疑亦愈情誼深厚。

除此之外，橋口五葉相繼也替當時知名的二葉亭四迷、森田草平、鈴木三重吉、森鷗外、永井荷風、谷崎潤一郎、泉鏡花等文學作家設計書籍封面，其中他特別融入了脫胎自日本浮世繪的傳統技法，並著重描繪線條造型、平塗色彩的神態和氣質，這些裝幀作品大多充滿著鮮明的、濃郁的十九世紀末歐陸「新藝術」（Art Nouveau）[2]裝飾畫風。

當時，在他三十歲那年（一九一一），隨著日俄戰爭（一九〇四）勝利之後國內經濟景氣回升，發達的工商業相繼帶動了廣告宣傳美術設計的需求與競爭，此刻正當意氣風發的橋口五葉隨即以美人畫主題海報獲選「三越吳服店」懸賞廣告圖案首獎，藉由優秀的圖案設計成功地替商家做形象代言；同時自該年度起，「籾山書店」亦開始著手企劃一系列文藝叢書，接連出版谷崎潤一郎《刺青》、泉鏡花《三味線堀》等名家作品共二十四冊，其封面裝幀全都交付橋口五葉專責設計。於此，他採用了各式各樣型態殊異的線描蝴蝶版畫為主題，搭配角背函套精心特製的日式手工和紙，乍看之下恍如蝶舞紛飛、姿態萬千，遂使後人讚譽美其名曰「蝴蝶本」。

2 「新藝術」（Art Nouveau）思潮原先發軔於一八八〇年代，隨之在一八九〇至一九一〇年間風靡歐洲各國，乃至發展成為深具國際影響力的美術運動。該名詞最初源自薩穆爾・賓（Samuel Bing）在巴黎開設的一間名為「新藝術之家」（La Maison Art Nouveau）的商店，內部陳列的都是按這種風格所設計的產品。大致上，所謂「新藝術」（Art Nouveau）風格最明顯的特性即是充滿生命力，畫面中往往特別強調流動性的有機曲線與非對稱造型，尤其偏好以自然花卉或植物的圖騰樣式為題材，同時因經常凸顯女性角色且配合花草的背景，故又被稱作柔性藝術（Feminine Art）。

昭和四十八年（一九七三），東京「春陽堂」書店陸續將橋口五葉當年替夏目漱石設計封面的文學著作全八冊依照原貌予以重新復刻出版，可說是對這位曾經在一百多年前日本美術界綻放異彩的天才裝幀家致上最高敬意。

孤舟一葉任逍遙
明治時期書道畫家中村不折

起自「明治維新」之後，日本國內開始進入一個較為劇烈的動盪時期，當時，從海外傳入的各種西方思潮主義正值風起雲湧，並且大大地影響了這段期間日本社會的思想文化。其中特別是以明治二、三〇年代興盛的浪漫主義文學運動為中心，不惟標誌著日本古典時代的終結，更開拓了後來的新浪漫主義與現實主義等一系列文學思潮共生共存、各領風騷的新局面，在日本近代文藝以及美術發展史上具有舉足輕重的地位。

明治二十六年（一八九三），詩人北村透谷（一八六八－一八九四）與島崎藤村（一八七二－一九四三）等人共同創辦《文學界》雜誌、被稱作近代日本浪漫主義文學的大本營，其精神基礎正是來自於歐美文學的浪漫主義與個人主義思想，以及一種源自基督教信仰的平民意識，他們每每主張以自身的直覺來把握人的內在精神，進而達到有限的精神解放。

隨之，作為日本近代「新體詩」的奠基者、青年詩人島崎藤村在他二十九歲那年（一八九七）出刊了生平第一部個人詩作《若菜集》，這部詩集打碎了固有形式桎梏，擺脫了封建思想的道德束縛，著重抒發個性思想和感情自由，巧妙地將西方浪漫主義詩歌的表現手法和日本民族傳統內涵鎔鑄於一爐，用語雅俗兼蓄、細膩深沉，遂引起了廣大年輕讀者心靈上的共鳴。誠如作者島崎藤村於書序自云：「明治二十九年，從東京到仙台地方，旅舍憑窗，聽得海潮音，於是做了那集子裡許多詩，感覺到自身周圍的黎明。」撫卷思情，且看此部詩集封面以一隻蝴蝶剪影圖案為主題，在深藍背景映襯下彷彿有著海一般的憂鬱、夢幻飄落之感，遠觀整體優雅的藍白配色更恰似如歌的行板，浪漫而沉靜。

當時負責繪製《若菜集》一書封面裝幀與內文插畫者，正是日本明治、大正時代著名的西畫家暨美術收藏家中村不折（一八六六—一九四三）。

他，同時也是日本東京「台東區立書道博物館」創始人、太平洋美術學校校長，既專擅繪畫，又對甲骨文與中國傳統書畫文物情有獨鍾、且致力於收藏多年，尤其偏愛漢代的隸書和北魏的楷書拓本。

出生於江戶（現之東京）八丁堀、五歲時隨父母回到老家長野縣高遠町度過了童年歲月，自幼即以追求學問與藝術為職志的中村不折，最初曾研習南畫（水墨畫）和書法，十九歲任高遠小學助教（代課老師），之後又在飯田、伊那等地擔任教職，並且持續自學書法、數學等。二十二歲那年（一八八七）帶著積蓄前往東京求學，於根岸二丁目附近開始獨自生活，並且陸續向京都洋畫名家小山正太郎（一八五七—一九一六）、淺井忠（一八五六—一九〇七）拜師習畫，其間不僅參加過「明治美術會」展覽活動[1]，亦經常為報紙製作插圖來賺取稿費。當年甫在日本文壇聲譽鵲起

1「明治美術會」創立於明治二十二年（一八八九），為近代日本最早出現的西洋美術團體，由小山正太郎、高橋由一、本多錦吉等人共同組成，成員大多為留歐畫家。相較於當時傾向「明治美術會」的畫家往往被歸類為「舊派」，至於「新派」則指由剛回國的黑田清輝所籌組的「白馬會」——又依畫風大多承繼歐洲印象派的光影表現而被稱為「外光派」。

的俳句作家正岡子規（一八六七—一九〇二）居所「子規庵」，剛好就位在中村不折住處的對面，兩人既屬比鄰而居又是知己之交，他與正岡子規、夏目漱石彼此都有頻繁的書信往來、情誼匪淺。此外，據聞早年康有為流亡日本期間，中村不折亦曾與之密切互動，他甚至還將康有為的著作《廣藝舟雙楫》譯成日文，名為《六朝書道論》，後來交由當時留日（負笈東京明智大學）的徐悲鴻帶回中國。

《若菜集》島崎藤村著 ／ 明治30 年（1897）／ 東京・春陽堂
封面裝幀：中村不折

《吾輩ハ貓デアル》／夏目漱石著／明治38年（1905）／ 東京・春陽堂
內頁插繪／ 中村不折
圖片來源／ 百城堂書店

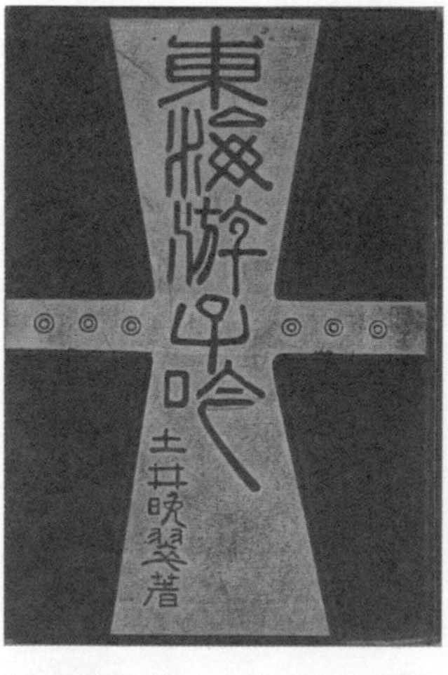

《東海遊子吟》／土井晚翠著 ／明治39年（1906）／大日本圖書株式會社
封面裝幀:中村不折
書影來源／日本早稻田大學圖書館

《一葉舟》扉頁插畫／中村不折
圖片來源／日本早稻田大學圖書館

《一葉舟》／島崎藤村著／明治31年（1898）／東京・春陽堂
封面裝幀／中村不折
書影來源／日本早稻田大學圖書館

明治二十七年（一八九四），中日甲午戰爭爆發，中村不折與正岡子規兩人以「從軍記者」身分赴中國進行採訪，殆戰後又於中國、朝鮮等地駐留一年半，這段期間由於正值清末民國政權更迭、戰亂不斷，致使大量的文物精華流往海外，於是中村不折就在這樣的情況下得以較少的資金蒐購了大量的中國書畫經卷、碑拓法帖、金石碑刻，乃至敦煌吐魯番寫本等藝術精品，之後歷經數十年的努力，廣泛遍搜各類文物字畫達一萬六千件之譜，中村本人更在整個過程中深受古代器物工藝文化長年薰陶，這從他早期替詩人學者、也是當代名歌謠〈荒城の月〉作詞者土井晚翠（一八七一—一九五二）撰述的《東海遊子吟》一書擔綱設計封面，即可窺見其結合了甲骨文的圖畫文字以及青銅器裝飾紋樣的豐厚美學根柢。

彼時剛從戰爭回國之際，擔任記者工作的正岡子規隨即引薦中村不折在報社以鋼筆畫插圖來搭配刊登即時報導，根據好友正岡子規的說法，當年經濟狀況並不寬裕的中村不折往往白天出門學習速寫、夜晚親自動手做報社的工作，在他絲毫不敢鬆懈的緊迫時間內總是保持著定期交稿且質量兼具的良好效率，而該報紙版面也因為那些豐富秀異的插畫作品而生色不少，訂閱者比從前的人數增加了許多。後來，中村不折把他平日畫插圖辛苦積攢的錢充當留學經費，在他三十六歲時遠赴法國 習畫三年、師承印象派畫家**Raphael Collin**（1850-1916）和**Jean-Paul Laurens**（1838-1921），明治三十八年（一九〇五）學成返日，並在太平洋畫會中公開發表作品，自此嶄露頭角、聲譽日隆，再加上他素來與島崎藤村、土井晚翠、森鷗外、夏目漱石、伊藤左千夫等知名作家關係密切，舉措之間毋寧更增添其社會影響力。

想當初，就在他旅歐歸來的這一年（一九〇五），日本國內正因「日俄戰爭」的勝利而在圖書市場上引起新近一波搶購「繪葉書」的空前盛況，該年恰好也是日本統治台灣十週年，台灣總督府為此首度發行「始政紀念繪葉書」，裡頭就有中村不折執筆描繪台灣俗民生活的水彩風景畫。此外，文學作家夏目漱石的連載小說《吾輩ハ猫デアル》（我是貓）亦於同年首度集結出版單行本，翻開內頁裡頭那些不禁令人會心一笑、清新雋永的「貓畫」插圖咸乃出自中村不折之手。

昭和十一年（一九三六），中村不折於東京市區自宅處（東京都名東區根岸二丁目十番四號）獨資創立「書道博物館」，展示出他費盡畢生心血蒐集保存的中國文物、書畫藏品，迄今每天仍有大量傳統藝術愛好者慕名前往。

《子規居士像》鉛筆畫／中村不折／昭和16年（1941）
圖片來源／日本早稻田大學圖書館

《落梅集》島崎藤村著 ／ 明治34 年（1901）／東京・春陽堂
封面裝幀：中村不折

日本近代商業美術設計先驅

大正、昭和時期圖案畫家杉浦非水

回顧上世紀二〇年代的上海，堪稱日本近代美術與西方文化思潮移入中國的啟蒙時代。

當時，由於日本比中國更早接受西方文化藝術的影響，並且全盤學習、掌握了西洋技法和知識，因此對於年輕一代的中國知識分子來說，無論在新文學或現代美術等各方面普遍皆是以日本作為學習對象。據悉，近代中國藝文界引領思想與觀念創新的幾位開拓者大多都去過日本留學或考察過，比方曾和日本作家建立起濃厚友情的魯迅，當年可謂不遺餘力地譯介、出版近代日本文藝理論以及其他相關美術史著作，包括廚川白村《苦悶的象徵》、《出了象牙之塔》等，而中國早期引進的西方美術史專書有許多亦是從日文版本轉譯得來。

除此之外，當時位在上海北四川路、由日人內山完造（一八八五—一九五九）所開設的「內山書店」[1] 毋寧是許多青年學子方便了解西歐美術現狀和吸收最新畫壇訊息

[1] 「內山書店」，由旅居中國的日本商人內山完造於一九一七年在上海北四川路魏盛里（今四川北路一八八一弄）租住房屋的樓下所開設，最初僅銷售基督教書籍，後來逐漸擴展至一般中、日文書籍，也開始販售當時被查禁的左翼著作，而店裡的書籍皆採開架陳列、讓人可以隨手翻閱，頗受讀者歡迎。一九四一年十二月太平洋戰爭爆發，日軍進駐上海公共租界，翌年（一九四二）內山完造接管南京路一六〇號的中美圖書公司，改為內山書店分店。一九四五年八月日本投降。同年十月二十三日，內山書店作為敵產被中國政府沒收。內山向中國當局申請了永久居住權，沒有被作為敵國僑民遣返。一九四七年十二月六日，中國政府認為內山完造參與顛覆政府的陰謀，派軍警包圍其住所並將其遣返日本。當年著名作家魯迅於一九二七年遷居上海不久後即與內山完造兩人成了莫逆之交，直到一九三六年魯迅去世，這段期間「內山書店」不僅專為魯迅著作代理發行，甚至就連魯迅的會客、信件往來等祕密活動也都在書店進行，並多次掩護魯迅避難，此外包括郭沫若、田漢、夏丏尊、谷崎潤一郎等人亦曾在此交往，乃是三〇年代上海左翼書刊的主要出售點和中日進步文化人士的重要聚會場所。

的重要窗口。譬如豐子愷剛從日本短期考察（學習繪畫、音樂）返國的那幾年，便經常前去「內山書店」購書，在這裡他遇到了早期任教藝術師範學校的學生、時任「開明書店」美術編輯的錢君匋（一九〇六—一九九八），根據錢氏回憶：「我最初學習圖案，試作書面，因為當時所有的參考書都是從日本進口的，不知不覺間受了日本的影響。」[2]此處即指他早期透過「內山書店」吸收了不少有關美術設計方面的新知，包括當年購買到一套多卷本的《世界標記圖案大系》，以及由日本平凡社出版的《世界美術全集》，甚至包括錢君匋的浙江同鄉好友、匆匆早逝的青年美術家陶元慶（一八九三—一九二九）也每在「上海時報館」擔綱美術設計工作之餘，來到「內山書店」買了當時日本才剛發行不久的《非水圖案集》、《伊木忠愛圖案集》作為參考書，這些無疑都對他們往後從事書籍裝幀的作品產生了影響。

其中，特別是《非水圖案集》這部書，後來（二〇〇六）還被日本知名出版情報網站「復刊リクエスト」讀者票選為「最值得重新復刻發行」的熱門絕版書之一，而它的作者——圖案設計家杉浦非水（一八七六—一九六五），連同早年其他著名日本畫家梅源龍三郎、黑田清輝、石井柏亭、藤田嗣治等，在當時中國開始起步投入學習美術設計的青年人眼中都是相當熟悉而嚮往的名字。

令人惋惜的是，那年頭有不少投入書籍裝幀工作的傑出藝術家都短命，包括像是陶元

[2] 錢君匋著，一九九二，《錢君匋裝幀藝術》，香港：商務出版社，頁四三—四四。

慶、橋口五葉（一八八一—一九二一）都是年紀輕輕不到四十歲就過世。我對他們的英年早逝雖已釋懷，卻不免感傷，總以為老天若能多給一些時間、再經過歲月的淬鍊，他們一定能交出更為可觀的傳世之作。事實上，相對而言在創作領域當中往往亦不乏勤奮且高壽者，作品既量多又質精，他們對後世的影響自然也就更加地深遠，好比說錢君匋活到了九十二歲、畢生共設計四千餘種書刊，數量之多，足令同輩設計師難望其項背。

至於早年曾被錢君匋、陶元慶視為學習（模仿）日本圖案設計的啟蒙者杉浦非水也有九十高齡，自幼拜師日本四条派畫家松浦巖暉與川端玉章門下、出身東京美術學校（現「東京藝術大學」）的他，筆下屢屢凝練地勾勒出花草魚鳥線條人物等極具裝飾性的各種造型意象疏朗而優美，不僅年輕時即以豐富多樣的書籍裝幀、海報、廣告設計、櫥窗擺設、室內裝飾作品而廣受注目，三十二歲（一九〇八）成為「三越百貨店」首席外聘設計師，四十九歲（一九二四）與新井泉、久保吉朗、須山浩、小池巖、原万助、岸秀雄、野村昇等人共同創立商業美術研究團體「七人社」，平日工作雖繁忙卻也不忘勞心編纂《非水圖案集》（一九一五）、《圖案講義》（一九一八）、《非水一般應用圖案集》（一九二六）、《非水創作圖案集》（一九二六）等教學著述，即便到了晚年依然持續活躍於商業美術設計領域，更在他六十歲那年（一九三五）執掌「多摩帝國美術學校」（今「多摩藝術大學」前身）創校第一任校長並兼圖案科主任。

《非水一般應用圖案集》／大正10年（1921）
／東京・平安堂書店
封面裝幀／杉浦非水
書影提供／百城堂書店

《非水圖案集》（第一輯）／大正4年（1915）
／東京・金尾文淵堂
封面裝幀／杉浦非水
書影提供／百城堂書店

《非水圖案集》內頁圖繪
圖片提供／百城堂書店

《創作愛しき歌人の群》（創作可愛的詩人們）／杉浦翠子著／昭和2年（1927）／東京・福永書店
封面裝幀／杉浦非水
書影提供／百城堂書店

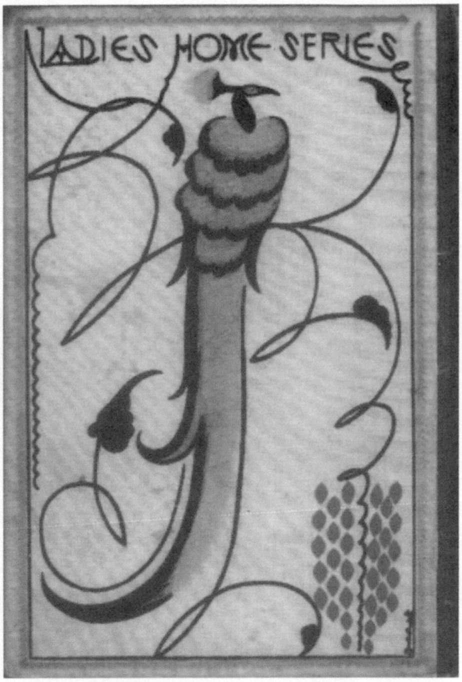

《あゝ故 》（哦！家鄉）／ Hector Malot著、片岡鐵平譯／昭和2年（1927）／東京　文洋社
封面裝幀／杉浦非水
書影提供／百城堂書店

《現代日本文學全集》／大正15年（1926）／東京・改造社
封面裝幀／杉浦非水
書影提供／百城堂書店

《Stories of William Tell》／昭和3年（1928）／東京・英文學社
封面裝幀／杉浦非水
書影提供／舊香居

回顧杉浦非水一生的書籍裝幀事業，約莫以大正十二年（一九二三）的「關東大地震」為轉捩點，此一浩劫不僅造成大量現有書籍刊物被焚毀，也接連促使國民精神與經濟景氣幾近瀕臨死滅的極度絕望的廢墟中，放眼日本國內出版業幾乎更是一片蕭條。當時「改造社」創辦人山本實彥（一八八五—一九五二）為挽救敗局，乃毅然宣稱「要實行出版界大革命，把特權階級的藝術向全民眾解放」，於是在大正十五年（一九二六）率先推出只要一元（日幣）即可預約三十七卷本的《現代日本文學全集》，將過去每冊通常要價十元的書籍壓低成本便宜到一元一冊，以便應對災劫後青黃不接的圖書出版市場困境，結果引起讀者廣大回響，乃至後來許多出版社爭相仿效，開創了日本出版史上著名的「元本時代」。

話說當年負責設計這套《現代日本文學全集》的裝幀者，便是初期從偏愛傳統繪畫形式逐漸轉變為後期結合幾何平面構成、繼而引領日本商業美術風潮的杉浦非水。畫面中，他將手繪花鳥圖案融入純粹線條交織的現代設計語彙當中脫胎換骨，那些古典視覺元素的優雅，那些令人反覆涵泳的光華美質，經過重新組合之後，遂於此構成了充滿現代感的裝幀絕品。

而就在《現代日本文學全集》引發空前熱潮的那年，適逢大正天皇駕崩、裕仁親王即位，改年號「昭和」，此前醞釀的自由民主氣氛漸為往後崛起的軍國主義所取代，在這一連串全新開展的時代帷幕中，杉浦非水相繼替妻子（閨秀詩人）杉浦翠子（一八八五—一九六〇）設計了《創作愛しき歌人の群》（創作可愛的詩人們），以及文壇友人片岡鐵平（一八九四—一九四四）翻譯十九世紀法國作家赫克脫・馬婁（Hector Malot, 1830-1907）的《あゝ故鄉》（哦!・家鄉）一書封面裝幀，這兩部作品連同先前「改造社」發行的《現代日本文學全集》乃被後世美術史家並稱為杉浦非水個人投身書籍裝幀生涯的三大傑作。

夢與愛情的殉道者
「大正浪漫」裝幀家竹久夢二

「私は、文字の代わりに　の形式で詩を画いて見た」
（我以繪畫的形式，代替文字，畫出詩句）

《夢二画集——春の巻》作者序

回顧日本近代美術與文學發展史，大抵從明治末年到大正初年，來自西方（歐美國家）源源不絕的文化新思潮各種風格流派如潮水般湧入、滲透，早期洋畫家如藤島武二、青木繁等皆不遺餘力積極推介歐洲新藝術觀念，許多作品也往往散發著一種多情的憂鬱、青澀的悵惘，蔓延開來，且同時極其脆弱、敏感而又多變，這時候正是日本現代藝術開始萌芽茁壯的「青春期」。

當時伴隨著經濟持續增長，城市化發展進程加速，遂逐漸形成了一個以大眾商業文化為主流的現代消費社會。至於涉及藝術創作一事，所謂「純藝術」（Fine Art）與「商業美術」、「美術設計」（Art Design）之間幾乎隔著一道無形的樊籬，雙方壁壘分明，尤其大多傳統派人士仍認為只有參加官辦畫展才是一個藝術家獲取功成名就的「王道」，除此以外都只不過是畫家業餘謀求生計的「職人」（工匠）小道罷了！值此，那毋寧是個外來西洋文化與傳統日本文化彼此衝突激盪，同時卻又交錯融合而孕育出所謂「和洋折衷」風格美學的年代。

起初就在「日露戰爭」對俄帝國取得勝利的那年（一九〇五），來自日本岡山縣老家經營釀酒工廠、年方二十一歲就讀「早稻田實業學校」的素人畫家竹久茂次郎開始向《讀賣新聞》、《中學世界》等刊物陸續投稿插畫及文字作品（包括詩、短歌與隨筆），從此即以筆名「竹久夢二」（一八八六—一九三四）廣為世人所知（另有景仰畫界前輩藤島武二之意），不僅開創了不同於學院派的藝術新風潮，並將隨之迎來一個被後人稱作「大正浪漫」的新時代。

畢生未曾有過任何一項固定職業，作為一個長年（早期）被主流美術史及文學史排除在外的畫家、詩人、圖案設計家、裝幀家，竹久夢二就像是永遠自我沉浸在戀愛氛圍當中的耽溺者，始終以他獨特的步調以及生活態度來進行創作，綜觀生前由他經手設計製作的出版物、雜貨、陽傘、和服及紙類文具等庶

《繪入小唄集—三味線草》內頁插畫「夢二美人圖」

幾不計其數，其大膽前衛的風格簡直堪比當下而毫不遜色。

幼年時，由於其母家族經營染坊之故，夢二自小便常去外婆家玩耍、進而開始接觸傳統藍染工藝，養成了對色彩和圖案的敏銳直覺，後來又間接受到英國William Morris倡議工藝美學思想以及十九世紀末歐陸新藝術運動（Art Nouveau）的薰陶，遂由此淬煉出富於流動性、抒情的線描及構圖，乃至「橫空出世」開創一代畫風。

明治四十二年（一九〇九），竹久夢二首度出版個人詩畫集、題詞獻給「美目盼兮」愛妻岸他萬喜的處女作《夢二画集——春の卷》，書中主要收錄有二十三張簡筆畫，畫旁另以毛筆丹青書寫一些簡單的詩句、短歌，詩畫之間交相映襯、互為主從，類此融合繪畫與文字越界混搭的自由創作形式，非但曾教當年親炙日本文化極深的魯迅、周作人兄弟為之動容，更深深啟發了彼時負笈東京習畫的豐子愷。此外包括日本國內一批卓然有成的藝術家如岡本草木、古賀春江、岸田劉生等人，均留下了「夢二風」痕跡顯著的畫作，而早年亦曾私淑夢二的著名書籍裝幀家恩地孝四郎甚至直言聲稱：「為夢二主義所傾倒的我，受其影響有多大，後來試圖擺脫其影響的努力便有多少。」

大正三年（一九一四），夢二與岸他萬喜夫婦共住在東京一幢兩層樓寓所，名曰「港屋」，這裡除了販售他的詩畫集、繪本、明信片、信箋、畫紙與各類文具精品之外，更是當時吸引許多藝術家、文人雅士頻繁往來聚會的著名文化沙龍。某種意義上，

「港屋」儼然成了孕育日本新興美術的發源地。恰逢該年（一九一四），甫及而立之齡的夢二邂逅了他生命中最重要的女人、二十歲的美術學校女學生笠井彥乃，兩人雙雙墜入情網，且於翌年（一九一五）間夢二隨即接連出版了《繪入歌集》、《繪入小唄集——三味線草》、《小夜曲》等詩歌繪本，而。其中，特別是夢二迷戀演劇、描繪歌舞伎所作的詩集《三味線草》，書中刊有插圖版畫凡四十五頁均為夢二親筆的和服美人圖，莫不都是面帶幽怨、眸如秋水，更每在纖弱婀娜的姿容當中透出一股莫名憂傷的神情，越發惹人憐愛，彼時圖書廣告皆以「濃豔無比の美本」稱之，所謂「夢二式美女」在此已見端倪。

大正五年（一九一六），妹尾幸陽成立「セノオ音樂社」（妹尾音樂出版社），出版大量「Senow系列」樂譜，對於普及東西洋（大眾）流行音樂貢獻甚大，當時為了吸引讀者，出版商請來竹久夢二設計封面畫。目前已知由夢二設計該書系封面高達三百冊左右，而他本人更寫了二十四首詞句，由日本作曲家譜成歌曲、再交付夢二繪製封面，據說甚至有人為了收集夢二畫作，因而專程購入這些樂譜。

讀著夢二的畫，彷彿總讓人感覺回到了少年時代。

話說當年夢二與彥乃相遇的這段戀情絢爛如煙花，短暫、淒美卻又屢遭曲折，無奈乎家中長輩（彥乃之父）的阻撓、女方身患絕症早逝之故終將他們陰陽相隔，甚至直到

《繪入小唄集——三味線草》／大正4年（1915）／東京・新潮社
封面裝幀／竹久夢二
書影提供／日本早稻田大學圖書館

《山へよする》（寄山集）
扉頁設計

《繪入小唄集——三味線草》藏書票插畫

《夢二画集——春の巻》／明治42年（1909）／東京・洛陽堂
封面裝幀／竹久夢二

《山へよする》（寄山集）／大正8年（1919）／東京・新潮社
封面裝幀／竹久夢二

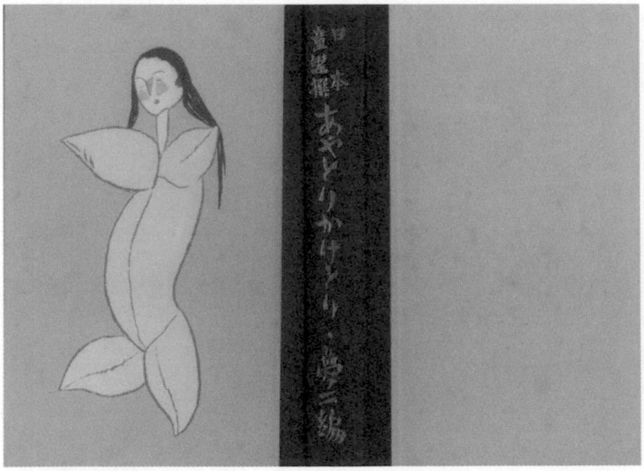

《日本童謠集》（封面）竹久夢二編／大正11年（1922）東京・春陽堂

《日本童謠集》（書盒）／竹久夢二編／大正11年（1922）東京・春陽堂

臨終前，彥乃都未能見上夢二最後一面。據聞她在彌留之際，一直不停呼喚著摯愛之人夢二的名字。後來，夢二還特地為此出版了一部書名《山へよする》（寄山集）的戀歌著作（過去兩人為躲避彥乃父親耳目的通信中，夢二暱稱彥乃為「山」），裡頭全是寫給彥乃的情詩，翻看內頁插畫中的女主角「滿是憂愁與柔弱的臉，怎麼看都與照片上的彥乃極為神似」，於此表露出他對這位情人無時無刻不痛徹心扉的愛戀與思念。

昭和八年（一九三三），夢二應允畫界前輩藤島武二之邀，搭乘「大和丸號」來台參訪，於「台北市警察會館」[1]展出畫作〈海濱〉、〈女〉、〈旅人〉、〈春夢幻想〉、〈榛名山秋色〉等留歐作品共五十餘幅（東方文化協會台灣支部主辦，展期為十一月三日到五日共三天）[2]，並在台大醫學院講堂發表演講。豈料，當他結束訪台行程回到日本之後旋即罹患肺結核臥病在床，第二年入院療養期間不敵病魔而於未臻「天命之年」告別了人世。如是，竹久夢二的死這才讓人們驚覺，象徵羅曼蒂克的大正時代真的已經結束了！至於當年那些曾經給了他無數靈感的女人，從此則在夢二的筆下永遠活著。

[1] 位於台北市明石町一丁目三番地（今台北市南陽街十五號），為一幢三層樓鋼筋混凝土加強磚造建築，由台灣總督府官房營繕課井手薰、太田良三、宮川福松負責設計與監造，於一九三〇年九月三十日竣工，內有住宿房間、講堂、食堂、娛樂室等，主要提供警察機關人員和其眷屬到北部出差住宿或休憩的處所，也作為講習、舉辦藝文活動、播放電影或演講的集會場所，戰後初期曾被中國國民黨占用為台灣省黨部。

[2] 根據《台灣日日新報》一九三三年十一月二日第七版「夢二畫伯の作品展——警察會館にて」、十一月四日第二版「夢二作品展」、十一月五日第一版「夢二の繪」等報導內容所述。

雕刻時光與青春
版畫詩人川上澄生

參照近代美術發展史上的版畫藝術，對於早期書籍裝幀設計的影響可謂極其大矣！早自上世紀二、三〇年代起，畢生致力於出版事業的革命文學家魯迅即已率先倡議「新興木刻運動」，將珂勒惠支（Käthe Kollwitz, 1867-1945）、麥綏萊勒（Frans Masereel, 1889-1972）、格羅斯（George Grosz, 1893-1959）、梅斐爾德（Carl Meffert, 1903-1988）等重要的西方版畫家陸續引介至中國，遂吸引了彼時眾多嚮往進步思想的藝術青年（如黃新波、曹白、林夫、陳煙橋）紛紛拿起雕刻刀與畫筆，毅然走向木刻創作之路，而當時著名的「朝花社」、「天馬書店」等出版機構，更是因緣際會地採用各種木刻題材作為封面設計與內文插圖。

據《魯迅日記》可知，當年魯迅剛從廣州舉家遷居上海時，幾乎每天總要抽空來到虹口區北四川路上的「內山書店」看書、買書。嗜書如命的他，不僅深深迷戀於歐陸的前衛版畫，同時也熱中大量蒐購來自德國、蘇聯、日本的美術畫冊與版畫作品。其中，在他日記裡屢屢提到一個名字特別引起我的目光，例如一九三一年一月份記載：「三十一日曇。午後往內山書店，得川上澄生所刻《伊蘇普物語》第一回分八枚，又第二回分七枚，《浮世大成》第六卷一本，共泉九元六角。夜雨」，另又在同年二月份日記寫道：「一日晴。午後同廣平攜海嬰往內山書店，見贈川上澄生氏木刻靜物圖二枚」、「三日曇。午後友堂贈冬筍一包，以八枚轉贈內山君。買《昆蟲記》（六至八）上制三本，共十元，又川上澄生木刻靜物圖三枚，十一元六角」。

這人，便是日本明治晚期著名的版畫家川上澄生（一八九五－一九七二）。

看待川上澄生的木刻版畫，早年留學日本的魯迅自有一份特殊情感。彼時約莫一九三〇年代左右，川上澄生便以「素人畫家」之姿聲譽鵲起，且備受海內外藝術愛好者與收藏家的熱切關注，不僅於昭和十四年（一九三九）「日本民藝之父」柳宗悅特別在《工藝》雜誌第九十六號策畫了「川上澄生特集」，就連大抵同一時期在台灣，亦有「限定私版本の鬼」西川滿不時邀請川上澄生來台遊訪、製作藏書票，偶爾還在其創辦的《媽祖》雜誌刊載川上澄生的版畫創作。

《明治少年懷古》／昭和19年（1944）／明治美術研究所發行
封面裝幀／川上澄生
書影提供／百城堂書店

自幼生長在幕末日本攝取西方文化的窗口、明治初年啟動「文明開化」的策源地橫濱，三歲即隨家人搬到東京定居，中學時就讀「青山學院」期間便經常寫文章兼繪插畫投稿報刊，是個不折不扣喜歡寫詩做夢的文藝少年。十七歲那年，川上澄生初次看到日本近代詩人暨美術家木下杢太郎（一八八五—一九四五）戲曲集裡的版畫插圖而深感興趣，自此開始嘗試手繪刻印木版畫的製作。大正六年（一九一七），二十二歲的川上澄生啟程前往加拿大、阿拉斯加等地遊歷四個月餘，回國後隨即擔任東京（栃木縣）「宇都宮中學」英語教師，白天忙於教學職務，夜晚則沉浸在他所熱愛的版畫創作。

大正十五年（一九二六），川上澄生發表了著名的木刻畫〈初夏の風〉。畫面中，碧綠色的風正吹拂著一位身著連衣蓬裙的摩登女子，包括人物描摹以及被風吹動的草木背

《集金旅行》井伏鱒二著／昭和12年（1937）／東京版画荘發行
封面裝幀／川上澄生
書影提供／百城堂書店

《貓町》萩原朔太郎著／昭和10年（1935）／東京版画荘發行
封面裝幀／川上澄生
書影提供／百城堂書店

景線條表現都非常細膩，左右兩旁並刻有一組詩歌短句點明了主題：

かぜとなりたや〈初夏的風〉
はつなつの　かぜとなりたや（我願化作一陣清風，初夏的風）
かのひとの　まへにはだかり（且撫過她面前）
かのひとの　うしろよりふく（又吹在她身後）
はつなつの　はつなつの（我願化作初夏的 初夏的）
かぜになりたや（初夏的風）

這段如手寫效果的套印字體大小不一、筆跡短而圓滑，描述風的內容有數句反覆且押韻，無論朗讀或觀看均充滿了俏皮可愛的感覺，人物身上亦刻意溢出輪廓、壓平立體感的單色套色，加諸文字與版畫兩者渾然一體、彷彿未經修飾的鑿刻痕跡讓作品顯得既優美浪漫，又流露著一股天真稚趣。據說當時年方二十三歲的棟方志功[1]由於看了這幅作品之後深受感動，因而矢志決意走上專業版畫家之路。

昭和二年（一九二七），川上澄生自費出版個人詩畫集《青髯》，從封面到內容均可顯

[1] 棟方志功（一九〇三—一九七五），畢生以創作木刻版畫為職志，乃為二十世紀日本最具代表性的世界級版畫家。早期因受到法國印象派畫家梵谷的影響，棟方志功的作品往往呈現如油畫般的質感特徵：古樸、單純、稚拙而渾厚，同時又以西方現代派藝術的表現手法結合了民間傳說與宗教信仰，創造出具有民族特徵與色彩鮮明的版畫風格，畫面中每每洋溢著豐富的造型動態以及深沉的精神力量，至今仍持續地扣人心弦、懾魂奪魄。

見他一生熱愛的「南蠻風俗」、「文明開化」、「橫濱港」等異國風情洋溢其間，甚至就連他爾後陸續擔綱封面設計的《南蠻船記》、《蠻船入津》、《平戶竹枝》、《御朱印船》等書籍裝幀也都不脫這些美感範疇，昔日同輩詩人裝幀家恩地孝四郎（一八九一—一九五五）曾說他「喜歡作出異國風格的畫趣之外，又廣泛地將新奇的靜物並陳，此種做法實在是令人感到新鮮。其構圖的異色來自於原始鮮豔的賦彩。」[2]

在他有生之年總共製作了數千份龐大數量的版畫、詩文、木工、玻璃畫以及書刊封面等各類作品，被譽為「木版畫の詩人」的川上澄生，特別鍾情於「詩」與「畫」這兩種媒介的完美結合。即便是在當年（上世紀三〇年代晚期）日本國內已然宣布進入了「戰時體制」、社會物資普遍短缺的非常時期，川上澄生也依然毫不吝於用上珍貴的塗料與紙張，以便於製作出像是《貓町》、《集金旅行》、《明治少年懷古》等色調華麗、圖案樣式充滿了十九世紀末歐洲新藝術（Art Nouveau）畫風趣味的「限定版」裝幀書籍。

作為銜接日本近代美術設計與版畫工藝的傳承者，川上澄生每每從大自然環境中擷取那些悅目的精采斷片，包括如流水、蔓草、花卉、鳥獸，乃至少女曼妙的身段曲線等，皆逐一填入他得意的木刻萬花筒裡不斷旋轉，經過重新組合、排列變幻之後形成了耐看的裝飾圖案，無論是色彩、形狀，抑或光影流跡。

2 引自恩地孝四郎，一九二七，《版画の作り方》，東京：中央美術社，頁九〇。

版畫作品〈初夏の風〉／川上澄生／1926

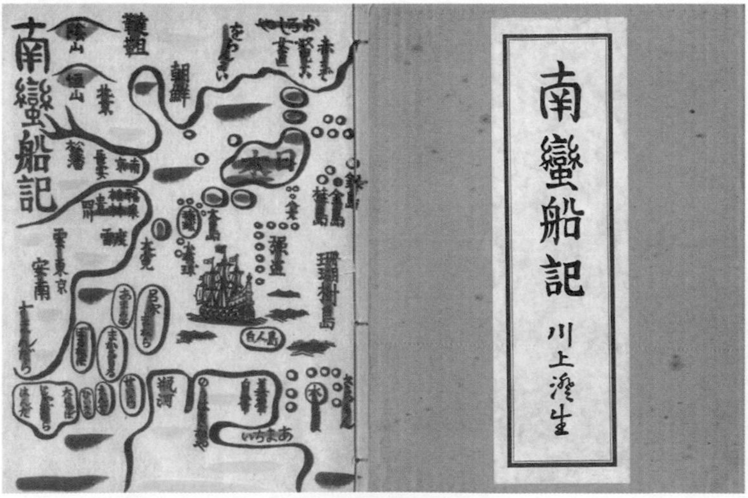

《南蠻船記》／1975年復刻版（初版1942年）／東峰書房
封面裝幀／川上澄生
書影提供／百城堂書店

《青髯》（詩畫集）／昭和2年（1927）
／吾八書房發行
封面裝幀／川上澄生
書影提供／百城堂書店

型繪紙染意匠心
芹沢銈介的手工藝裝幀

回顧彼時興起於二十世紀初葉、繼而主導全球美學思潮的現代主義設計，其核心概念不外乎是功能主義和理性主義。然而，正由於如此過於追求功能化、機械化、標準化的理性工具思維，往往使其產品充滿了冷漠感、缺乏人性與文化情懷，同時它也打破了各種不同文化的共生關係，且剝除了在地（Local）文化風貌的結果，亦使得絕大多數設計作品千篇一律。

對此，早期工藝圈內有志之士（包括像是十九世紀英國發起「美術工藝運動」的William Morris、John Ruskin等人）即已洞悉在現代主義設計思維之下強調極端理性、批量化的生產方式和設計理念自身所難以克服的人為弊病，故而開始倡導民間手工藝復興，藉以抵制機械製品以及媚俗的矯飾藝術，務須期使設

《史談切捨御免》／海音寺潮五郎著／昭和42年（1967）／東京・人物往來社
封面裝幀／芹沢銈介
書影提供／舊香居

《工藝》（第65號）／柳宗悅主編／昭和11年（1936）／東京・聚樂社
封面裝幀／芹沢銈介
書影提供／舊香居

計造型的匠意回歸功能與材質的最原點，昔日Morris與友人合夥經營的設計公司不惟幾乎包辦了金屬工藝品、家具、彩色玻璃鑲嵌、壁紙、掛毯、地毯、印染花布以及室內裝飾品等各式設計產品，晚年他獨資創立的「凱倫史考特」出版社（The Kelm Scott Press,1890）更開始注意書籍的製作與設計，Morris從十五世紀中古世紀歐洲印刷字體裡得到了新的啟示，並且加以發展而廣泛利用在他所出版的書中。

如是，日本近代「民藝運動」創始人柳宗悅（一八八九—一九六一）於一九二七年首度發表〈工藝之美〉一文，該文中特別提到「以往手工為何受人青睞？迨乎由於自然的作用。與手工相較，任何複雜的機械都是簡單的。機械製品之拙劣，在自然面前只不過是微不足道的標記而已。唯有優秀的工藝才是自然的光榮讚歌」[1]。在他看來，所謂「民藝」概念乃是指由民間無名工匠（職人）所製作出來的、在民眾日常生活中使用的日用雜器，其本質並非用於鑑賞的美術品，而是為了實用之需手工製作。因此，與那些炫耀技巧的華麗裝飾品相比，民藝毋寧更呈現出自然、健康以及樸素之美。

昭和六年（一九三一）八月，柳宗悅與陶藝家濱田庄司（一八九四—一九七八）、河井寬次郎（一八九〇—一九六六）、青山二郎（一九〇一—一九七九）等共同籌畫、

[1] 柳宗悅，一九二七，〈工藝之美〉收錄於二〇一一年石建中、張魯譯《民藝四十年》，桂林：廣西師範大學出版社，頁九五。

由東京「聚樂社」出版的《工藝》雜誌正式創刊，這份雜誌原先命名《民藝》，後來根據青山二郎的建議而改為《工藝》。當時，柳宗悅透過朋友關係，找來了自幼在靜岡市出生、於中等學校畢業後隨即入學東京高等工業學校（今「東京工業大學」）學習圖案設計的染色藝術家芹沢銈介（一八九五—一九八四）負責該雜誌封面（表紙）裝幀事宜。最初，從創刊號到第十二期，由芹沢設計的《工藝》封面皆以天然染料和牛膽混合成顏料，然後用傳統日式和紙手工印染而成，或在紙上髹漆，且內頁不乏各種精緻的手工插圖，至於雜誌正文則採用十二磅的鉛字排版，整體來說無論編排設計或印刷品質均屬上乘。

觀覽這些封面構圖當中，除了變化萬千的和風紋樣與裝飾花朵外，有些甚至還結合了書法和細密畫。據說這種技藝是無法靠閱讀聽講學得的，只能跟隨老師傳用眼睛與經驗不斷親身體會，數百多年來師徒相傳，一代傳一代。

想當初，自從芹沢銈介在他三十二歲那年（一九二七）初次接觸（閱讀）了柳宗悅宣揚民藝運動的連載文章〈工芸の道〉以後，從此便感銘終身受益無窮，並尊奉柳氏為恩師，爾後柳宗悅幾乎大半輩子所有著作都直接交付芹沢銈介負責設計裝幀。除此之外，芹沢也替當時許多日本文壇知名作家繪製書籍封面（及書盒），包括海音寺潮五郎《史談切捨御免》、川端康成《雪國》、佐藤春夫《極樂から來た》（我來自天堂）、火野葦平《昭和鹿鳴館》、獅子文六《南の男》（南方人）和《隨筆町っ子》

《民藝と生活》／式場隆三郎著／昭和19年（一九四四）／東京・北光書房
封面裝幀／芹沢銈介
書影提供／舊香居

《民藝四十年》／柳宗悅著／昭和33年（1958）／東京・寶文館
封面裝幀／芹沢銈介
書影提供／舊香居

《書物往來》／八木佐吉著／昭和50年（1975）／東峰書房
封面裝幀／芹沢銈介

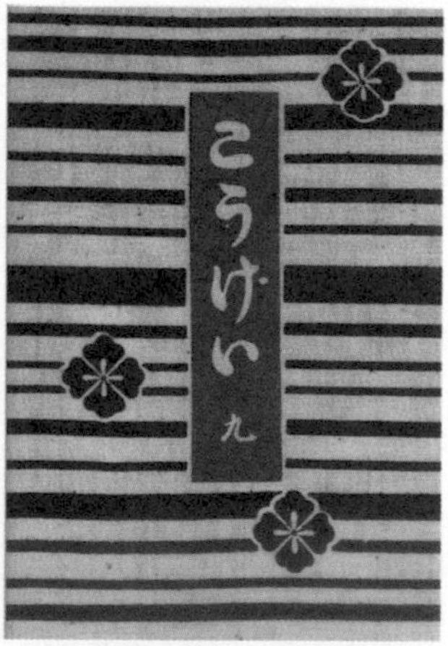

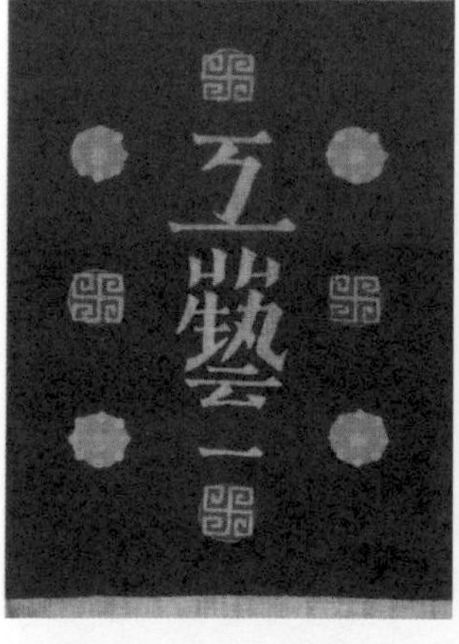

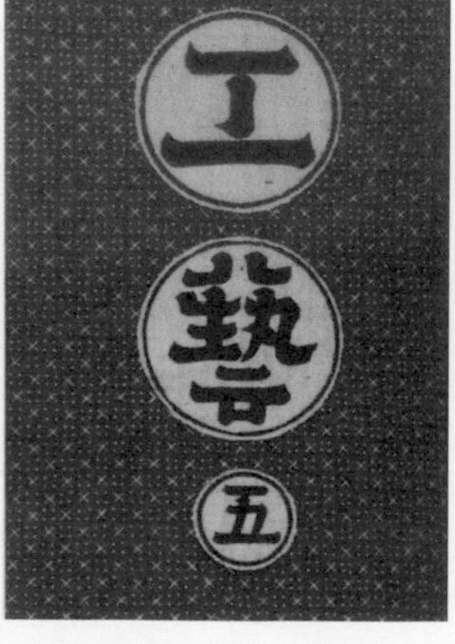

《工藝》雜誌／柳宗悅主編／昭和6年（1931）創刊／東京・聚樂社發行
封面裝幀／芹沢銈介
書影提供／舊香居

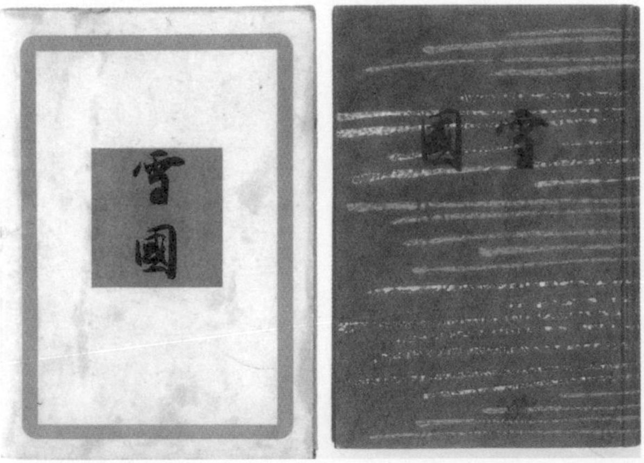

《雪國》／川端康成著／昭和12年（1937）／東京・創元社
封面裝幀／芹沢銈介
書影提供／百城堂書店

《羅刹》／山本周五郎著／昭和22年（1947）／東京・操書房
封面裝幀／芹沢銈介
書影提供／百城堂書店

（城鎮兒童隨筆）、武田泰淳《十三妹》、丹羽文雄《顏》、山崎豊子《花のれん》（花門簾）、山本周五郎《羅剎》、內田百閒《百鬼園隨筆》以及八木佐吉《書物往來》等著述裝幀皆頗獲好評，直到晚年退休為止，據估計，芹沢銈介在他有生之年總共繪製了至少超過五百部以上的書籍封面。

昭和十四年（一九三九），四十四歲的芹沢銈介在恩師柳宗悅的建議下逐漸把傳統紙型印染手工藝視為畢生職志所在，並且深深地被這種美給吸引了，為此他特別來到日本沖繩島上學習當地印染技藝「紅型」（びんがた）。

此處所謂「紅型」，乃是用一張型紙在面料上通過漏印染繪出豐富多采的紋樣的工藝，相傳源起於古代琉球王朝時期的貴族服飾制度有關。「紅」指色彩齊全，「型」指各種紋樣，其基本技法主要有型染、篇描、藍染（漬染）等。之後，他在紅型的基礎上創造了自己的一套渲染技藝，稱作「型繪染」。關於此一命名，乃是一九五六年日本文化廳授予芹沢銈介「人間國寶」封號時所特別題作的，意即以紙代替布來製作渲染造型。

相對於傳統布染來說，紙染技法無疑又擴展了染色藝術創作的可能性，由於芹沢銈介本身偏愛使用明亮而溫暖的色調進行渲染，致使所有映入眼簾的和服、腰帶、門簾、壁掛、屏風、玻璃畫乃至書籍設計等器物造型紋樣都變得更加生動。總而言之，比起純粹地追求形式美感，芹沢銈介始終強調融入民藝精神於工業設計之中，其作品可謂體現了傳統手工藝與西方現代藝術理念的某種交融，不惟讓人從中汲取美的源泉，亦對日本現代設計產生了深遠影響。

構築形象與色彩
近代日本裝幀第一大家：恩地孝四郎

當夜晚侵入這個山村
看門狗遠遠地吠叫
我推開柴扉
凝望著黑夜清冷的孤寂，看到
月亮打著寒顫，不明白
狗為何對著空山狂吠
而冷月正悄然溜走

萩原朔太郎，一九一七，《月に吠える》（吠月）

此為日本近代象徵主義詩壇先驅萩原朔太郎首部詩集作品《月に吠える》（吠月）中的一段文詞情境，其字裡行間充滿了清冷、倦怠、虛無的色彩，藉此表達出詩人本身嚮往孤獨陰鬱的厭世情感和思想，而詩中屢屢帶有特異感覺的新式口語亦受到詩壇高度評價，被視為確立日本口語自由詩的里程碑。

從中學時代便開始投入詩歌創作，並坦承染上了無可救藥的孤獨癖、不愛和他人接觸，萩原

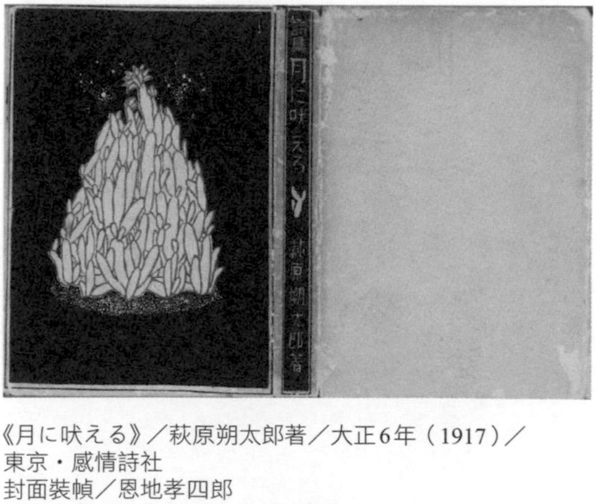

《月に吠える》／萩原朔太郎著／大正6年（1917）／東京・感情詩社
封面裝幀／恩地孝四郎
書影來源／日本早稻田大學圖書館

朔太郎自況從小就只能躲避著旁人的目光、害怕暴露，不斷地戰戰兢兢地四處逃竄，這位「幽愁的極端陰鬱者」終其一生都被各種各樣的恐怖幻覺煩惱著。

畫面中，放眼望去盡是一片墨黑的天空，卻教人更看清世間所有孤寂與焦躁原是彼此牽扯糾結、難捨難分，而出自繪畫界好友恩地孝四郎（一八九一—一九五五）筆下的《月に吠える》裝幀構圖，彷彿就像是萩原朔太郎本人想在月夜的草地上永遠釘住自身憂鬱影子的幽微寫照。

恰好也就在這一年（一九一七），恩地孝四郎同時發表個人生平第一部版畫集《幸福》，自此開啟

《小夜曲》／竹久夢二著／大正4年（1915）／東京・新潮社
封面裝幀／恩地孝四郎
書影來源／日本早稻田大學圖書館

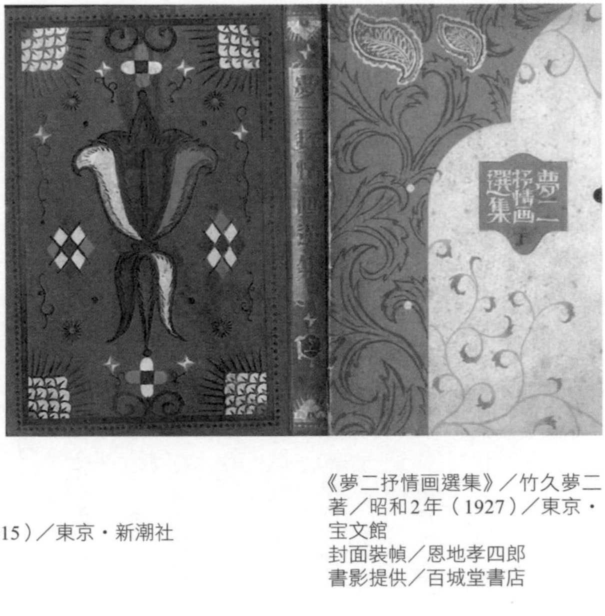

《夢二抒情画選集》／竹久夢二著／昭和2年（1927）／東京・宝文館
封面裝幀／恩地孝四郎
書影提供／百城堂書店

了他正式邁向專職版畫創作暨裝幀設計的生涯大道。然而在此之前，恩地孝四郎原本只是東京美術學校的一名輟學生，在校期間曾和素有日本「大正浪漫」美譽的抒情畫家竹久夢二（一八八四—一九三四）往來頻繁並在多方面受其影響甚深，後來也陸續替夢二設計了不少作品封面，包括繪本詩集《どんたく》（一九一三）、《小夜曲》（一九一五）、《夢二抒情画選集》（一九二七）等，甚至還在夢二主導的藝文雜誌《櫻さく國——白風の巻》開始發表插畫與詩歌創作。

此處暫且回溯一百多年前，當時日本近代史上最重要的美術團體：「白馬會」（即「白馬会洋画研究所」），乃凝聚了一群志同道合的青年藝術家毅然折衝於傳統與創新之間，並引領著日本畫壇從傳統浮世繪過渡到現代抽象繪畫及平面設計領域，其標誌著某種承先啟後的關鍵角色可好比上世紀台灣戰後初期「五月」和「東方」畫會，在那經濟和物質生活條件都還很困乏的年代，他們一方面咸以推動現代藝術為宗旨、致力於突破現狀大膽實驗，另一方面更相濡以沫地和島內當代藝文界同好彼此砥礪扶持，共同追尋現代主義在文字印刷和視覺媒介延展的更多可能。而彼時約莫正值大正、昭和年間，包括像是藤島武二（一八六七—一九四三）、橋口五葉（一八八一—一九二一）、山本鼎、石井柏亭（一八八二—一九五八）早年皆與日本文學圈內眾多詩人小說家們往來熱絡，也因此留下了不少書籍裝幀美術設計作品著稱於世，遂逐漸發展出一種帶有浪漫文學性格的美術風潮。

其中，同樣身為「白馬會」初期成員、被譽為日本「現代抽象版畫先驅」且身兼詩人及插畫家等多重角色的恩地孝四郎，二十三歲那年（一九一四）初次目睹「日比谷美術館」展出當代抽象繪畫巨匠康丁斯基（Wassily Kandinsky, 1866-1944）引領德國表現主義風潮的木刻畫作而深感共鳴，從此下定決心以版畫創作為職志，並開始在詩歌同人刊物《月映》雜誌首度發表自繪自刻的木版插畫。大正七年（一九一八），恩地孝四郎與美術家山本鼎（一八八二—一九四六）、織田一磨（一八八二—一九五六）等人協力草創「日本創作版畫協會」，及至昭和四年（一九二九）又和版畫家平塚運一（一八九五—一九九七）、川上澄生（一八九五—一九七二）共同籌設「創作版畫俱樂部」，昭和十三年（一九三八）應日本版畫協會募集「新日本百景」之邀而製作「台北東門」版畫，此後在他畢生長達四十五年的創作生涯當中，總共留下了大約將近六百餘件的封面設計、木刻與插圖作品，舉凡純文學書刊、童書繪本、學術論著、寫真集、百科事典等各種書籍類型幾乎無所不包，此外從事刻繪之餘也仍持續廣泛閱讀筆耕不輟，陸續發表了《工房雜記——美術隨筆》（一九四二）、《博物志》（一九四二）、《本の美術》（一九五二）、《日本の現代版画》（一九五三）等美學論述代表作。無論就其繪畫（裝幀設計）作品表現及理論著述的分量來說，恩地孝四郎均委實堪稱近代日本裝幀領域第一大家。

及至二〇〇九年夏天，適逢日本大正時期曾經和恩地孝四郎交往甚密的詩人小說家室生犀星（一八八九—一九六二）誕生一百二十周年，因此位在日本石川縣金澤市

《愛の詩集》／室生犀星著／大正7年（1918）／
東京・感情詩社
封面裝幀／恩地孝四郎
書影提供／百城堂書店

《どんたく》（繪本詩集）／竹久夢二著／大正2年（1913）／
実業之日本社
封面裝幀／恩地孝四郎
書影來源／日本早稻田大學圖書館

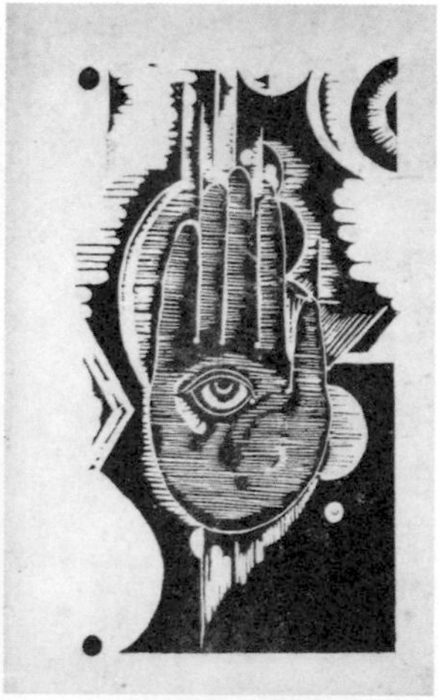

《手》（詩集）／井上康文著／昭
和3年（1928）／東京・素人社
封面裝幀／恩地孝四郎
書影來源／百城堂書店

《性に眼 める頃》／室生犀星著／大正9年（1920）／東京・新潮社
封面裝幀／恩地孝四郎
書影來源／百城堂書店

木版畫「台北東門」（新日本百景）／恩地孝四郎／1939
圖片提供／百城堂書店

的「室生犀星紀念館」（該館為詩人兒時故居）特別舉辦了一場前所未見的美術設計展——「裝幀之美·恩地孝四郎與犀星之饗宴」，主要展出恩地孝四郎生前的日記、版畫、插畫原稿，以及他替室生犀星設計裝幀的二十六冊書籍等，以茲悼念兩人畢生攜手合作的藝術成就。

當年由於私生子身分之故，室生犀星出生後不久就被寺廟領養而在寺中長大。十二歲小學輟學，當過金澤地方法院工友，二十歲後到東京漸漸在文藝雜誌發表作品，幾度於貧窮、浪跡的生活中獨自鍛鍊寫作技藝。在他二十四歲（一九一三）時，室生犀星便與著名詩人萩原朔太郎、北原白秋，以及畫家恩地孝四郎等人相識並締結深厚的友情，之後陸續組織了以研究詩歌、宗教、音樂為宗旨的「人魚詩社」（一九一四），以及共同創辦詩歌雜誌《感情》（一九一六），二十九歲那年（一九一八）出版詩歌處女之作《愛の詩集》和《抒情小曲集》，隔年（一九二〇）發表自傳性質濃厚的長篇小說《性に眼覺める頃》（性的覺醒），均引起文壇極大反響。

追索昔日一九二〇年代期間，作為樹立日本近代抒情文學典範的先驅者室生犀星與荻原朔太郎等人，他們何其有幸地接收了自明治維新革命之後、經由大正民主時期所引進的歐洲各種自由前衛藝術流派思潮，當時的知識分子只要有心都能接觸受其薰習。此處端看恩地孝四郎當年跨刀替這些文壇友人精心描繪的書籍封面，包括從圖案造型、線條裝飾乃至字體（書名）設計，裡頭一筆一畫均顯見早年源起於法國巴黎的

「Art Deco」（裝飾藝術運動）之莫大影響，其造型線條大多著重對稱、重複的幾何結構，在色彩方面則偏好使用鮮豔的純色和黑白對比顏色來形塑強烈華美的視覺印象。

簡言之，恩地孝四郎的裝幀作品可說是運用顏色與線條等視覺元素所融合生成的一組形象之詩，不惟展現出兼具傳統裝飾與現代平面設計的雙重性格，且更同時富含了濃濃的詩意和抒情風味。

遍覽骨董工藝之美的「人情裝幀家」青山二郎

我不再吟唱了，有誰願意吟唱呢
大家根本無意聆聽，只裝出在聽的樣子
大家有的只是冷淡的心
根本不在乎吟唱的是怎樣的歌
即便如此，卻還裝出傾聽的樣子
然後熱烈鼓掌

中原中也，一九三八，《在りし日の歌》（往日的歌）

昭和十二年（一九三七），日本昭和大正時期最耀眼的詩壇彗星中原中也（一九〇七—一九三七）因罹患結核性腦膜炎而與世長辭，當時甫及而立之齡的他，早將生命的熱情全部投注在文學創作，於生前留下了包含上述這首表述靈魂遭受創傷者深感陰鬱孤獨的自白寫照〈詩人は辛い〉（詩人真苦）在內、為數超過三百五十篇以上

《いのちの初夜》／北條民雄著／昭和11年（1936）／東京・創元社
封面裝幀／青山二郎
書影提供／百城堂書店

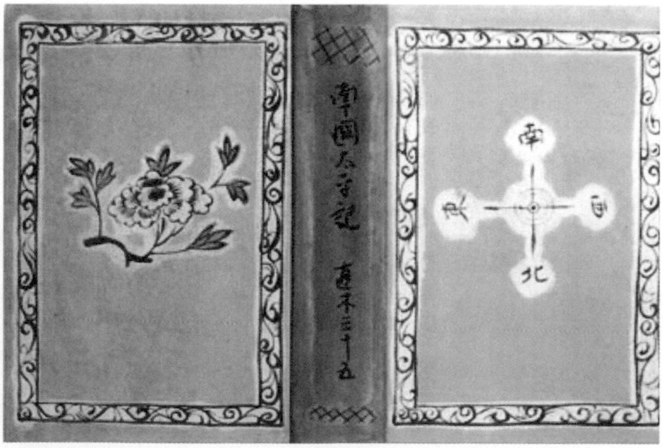
《南国太平記》／直木三十五著／昭和6年（1931）／東京・誠文堂
封面裝幀／青山二郎
書影提供／百城堂書店

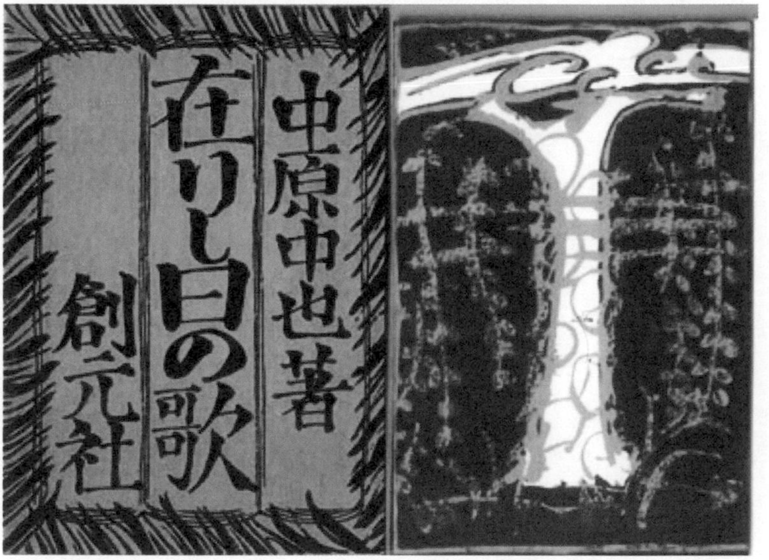

《在りし日の歌》（往日的歌）／中原中也著／昭和13年（1938）／東京・創元社
封面裝幀／青山二郎
書影提供／百城堂書店

的詩歌遺作，而在去世的前一個月，他把所有謄清修改過的詩稿結集全都託付給了摯友小林秀雄（一九〇二—一九八三）。

彼時身兼日本文藝評論界靈魂人物、初接東京「創元社」編集顧問的他，正準備著手創設一系列有關日本現代文學作品選書企畫，並且延請了當時和「創元社」互動密切、彼此交情甚篤的美術評論家暨骨董收藏鑑定家青山二郎（一九〇一—一九七九）擔當書籍裝幀設計工作。翌年（昭和十三年），英才早逝的中原中也遺作詩集《在りし日の歌》（往日的歌）即由「創元社」代為出版，同年度首刊發行日本民俗學之父柳田國男（一八七五—一九六二）的文藝評論集《昔話と文学》（民間故事與文學）也大獲好評。自此，中原中也的文學聲名方才逐漸顯揚開來，不少詩作爾後都被陸續選進了日本的國語教科書，各大出版社甚至爭相出版其詩集、全集。

大抵就在這段時間前後，同時也是青山二郎投身書籍裝幀設計生涯的全盛巔峰期。那年頭不乏若干出自青山二郎之手、堪稱昭和年代最絕美的文藝書籍裝幀傑作相繼問世，包括直木三十五的《南国太平記》、北條民雄的《いのちの初夜》（夜生活）、中村光夫的《二葉亭論》、川上徹太郎的《道徳と教養》（道德與教養）、中野重治的《子供と花》（孩子與花）等，端看其間版面編排不惟印刷細緻、用紙講究，有的薄染一絲奼紫嫣紅，有的則是信筆勾勒幾株微微黃花，正所謂「醉罷拈來奇絕句，珠璣躍紙盡琳瑯」，彷彿線條與色彩所交錯構成的造型節奏就在紙面上鮮活跳躍著。

出身東京府大地主家庭，青山二郎自十三歲開始學習繪畫，就讀中學期間即已對中國、朝鮮及日本等地的工藝美術品（包括繪畫、陶器）產生濃厚興趣，十八歲（一九一九）進入日本大學法學科就讀，後來師從日本當代西畫巨匠中川一政（一八九三—一九九一）學習繪畫，同時開始研究骨董文物、且加入了奧田誠一（一八八三—一九五五）在東京帝大主持的「陶磁器研究會」，甚至還曾隻身遠赴朝鮮蒐集當地古陶磁器。二十歲那年（一九二一），青山二郎開始接觸柳宗悅（一八八九—一九六一）和濱田庄司（一八九四—一九七八）等人所共同發起的「民藝運動」，當時他和柳宗悅的外甥——美術評論家石丸重治（一九〇二—一九六八）一同參與協助創刊初期的《工藝》雜誌編務，因而有緣結識了文學評論家小林秀雄、陶藝家河井寬次郎等人，並與他們頻繁往來。

大正十三年（一九二四），石丸重治主導的文藝雜誌《山繭》正式發行，該刊物主要執筆者包括青山二郎、石丸重治、小林秀雄、中原中也、笠原健次郎、河上徹太郎、富永太郎等，及其他來自藝文界的夥伴如永井龍男、三好達治、中村光夫、宇野千代、大岡昇平、白洲正子，他們不僅經常來到青山二郎位於東京市區的自家宅邸進行聚會，一干好友鎮日把酒言歡、談文論藝，久而久之乃至專程慕名前來討教結交的弟子、友人日漸眾多，尤有好事者更直言戲謔美其名曰：「青山學院」，意即指稱此處乃為當年名動一時的知識分子聚居集散地、日本昭和時期最具代表性的文藝名流社交圈。

《二葉亭論》／中村光夫著／昭和 11 年（1936）／東京・芝書店
封面裝幀／青山二郎
書影提供／百城堂書店

《アルチュルランボオ詩集》／ Arthur Rimbaud 著、小林秀雄譯／昭和 8 年（1933）／東京・江川書房
封面裝幀／青山二郎
書影提供／百城堂書店

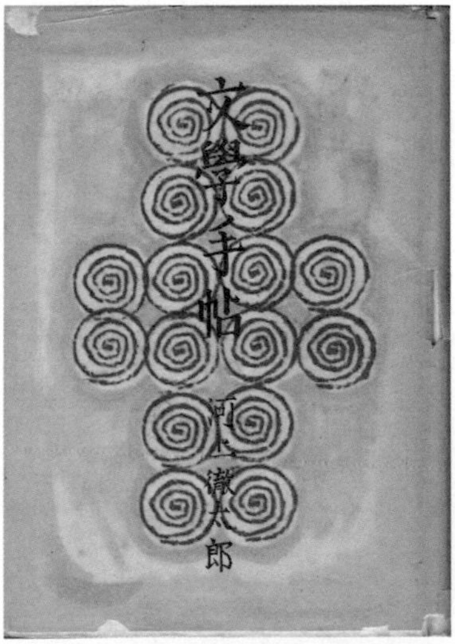

《文學手帖》／河上徹太郎著／昭和 27 年（1952）／東京・ダヴィッド社
封面裝幀／青山二郎
書影提供／百城堂書店

《子供と花》／中野重治著／昭和 10 年（1935）／東京・沙羅書店
封面裝幀／青山二郎
書影提供／百城堂書店

於是乎，透過以小林秀雄等藝文人士為核心的這層交遊關係，青山二郎不僅藉此發表了大量的詩歌隨筆，從事筆耕之餘亦將「書籍裝幀」視為一門志業，在他活躍於昭和年間的四十五載歲月裡竟經手製作出不下四百件的裝幀設計。

職是之故，回顧早期「裝幀設計」尚未專業化、社會上也還沒出現「設計師」這門職業之際，雖已有部分畫家開始摸索、嘗試創作某些書刊美術設計與內頁插圖，但他們往往在手持畫筆的過程中滿懷著熱情而孤寂，甚至少不得被其他保守的傳統繪畫界同儕視為「自貶身價」，舉凡那些在近現代美術史上赫赫有名的畫壇前輩義務跨刀替熟識的文壇朋友繪製書籍封面，有很多幾乎就只是單純為了那一份交情。

有趣的是，當年家境富饒、毋須為生計奔波的青山二郎屢屢被身旁好友暱稱為「高等遊民」，他和「薄命詩人」中原中也同樣一生都未曾正式謀職工作過。彼時因適逢大正末期，整個日本社會還沒有完全從第一次世界大戰的創傷中恢復過來，在文學藝術方面則以嚮往虛無的「達達主義」思想蔚為風尚，不少青年讀書人往往擁有高學歷卻不屑於做官或做高級白領，他們每將平日的閱讀和思考活動視為一種職業，除了從事各類藝文創作來賺取些微酬勞之外大多僅依靠家裡寄錢過活，明確來說也就是無業的「有閒階級」。

常言道：世事紛亂之際，人文情懷哪堪存？對於青山二郎而言，所幸人生當中還有

「書籍裝幀」與「骨董鑑藏」的一方天地可供揮灑，無論「造書」或「收藏」過程本身其實都是一種精神享受。得失之間，須知世間無一事不可求，亦無一事不可捨。此處談及書的魅力毋寧更是巨大的，所謂「書緣不外乎人情」，如果說「人言愛賢緣愛書」似乎也無不妥，愛書者即便未遇金屋、未得如玉，但卻至少能夠相酬知音、細細體嘗冊頁紙墨裡的哀樂人情。

「一筆入魂」的樸拙風華

昭和時期文人畫家中川一政

「對於南方的鄉愁、南方的憧憬、南方的愛戀，是我一生永不改變的事。」日本昭和時期小說家中村地平（一九〇八－一九六三）在他三十三歲那年（一九四一）出版《台灣小說集》後記裡寫下了這樣一段話。

早自少年時代開始，中村地平已然深受佐藤春夫（一八九二－一九六四）書寫殖民地（台灣）小說的影響，而對南方懷有強烈憧憬。大正十五年（一九二六），他終於一償宿願，首次渡海來台、入台北總督府高等學校就讀，在這島上孕育著青春期浪漫情懷的四年高校生涯當中度過了他的「台灣初體驗」，畢業後返日進入東大文學部美術史科專攻美學，之後拜井伏鱒二為師，從此即以作家為專職。

昭和十四年（一九三九），中村地平為了收集小說材料，同時也期待南方的光與熱能夠為他治癒精神上的苦惱（早於就讀高校期間他便因為神經衰弱的問題而留級一年），因而再度來到台灣進行了為期一個月的環島行旅（其中有十四天待在台北，其餘十六天則環島一周）。循著當年佐藤春夫旅台的足跡，他不僅受到殖民政府的特別禮遇，也得到在地官員和人類學者的協助，遂得以獲取許多來自官方記錄以及人類學界蒐集的原住民史料，並由此參酌陸續寫出〈霧の蕃社〉、〈蕃人の娘〉、〈太陽征伐〉、〈蕃界の女〉等多篇描述「蕃人」題材之作輯錄於《台灣小說集》裡，其中〈霧の蕃社〉更是近代台灣文學史上第一篇以「霧社事件」作為故事背景的小說。

此處得要特別提到的是，彼時擔綱《台灣小說集》一書封面裝幀者，乃是日本近代美術史上赫赫有名——曾與一代宗師梅原龍三郎（一八八八—一九八六）、野獸派畫家林武（一八九六—一九七五）並稱「昭和三巨匠」的洋畫家暨書道家中川一政（一八九三—一九九一）。

當時，他和木下杢太郎（詩人）、川上澄生（版畫家）、中村地平等人皆為「灣生」（在台灣出生）作家西川滿（一九〇八—一九九九）籌組「台灣文藝家協會」旗下成員（贊助員）之一，彼

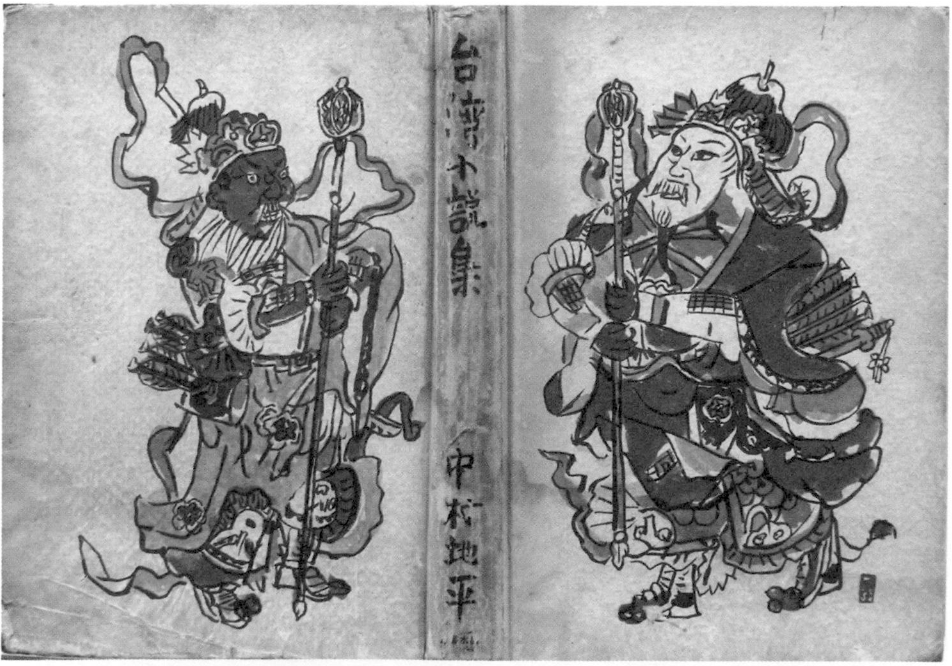

《台灣小說集》／中村地平著／昭和16年（1941）／東京・墨水書房
封面裝幀／中川一政
書影提供／舊香居

此透過這層關係遂有了相互交流與合作的機會，而今觀諸中川一政設計《台灣小說集》封面封底分別以台灣民間廟宇常見的門神版畫作為裝幀主題，描摹人物線條古樸而剛毅，彷彿沉浸在濃郁的亞熱帶空氣裡流瀉出一種原始社會特有的素樸美感，其色彩俗豔且充滿生命力的表現形式顯然受到西川滿熱愛台灣鄉土俗民文化的影響。

在他畢生度過了九十八歲高齡的漫長生涯當中，中川一政每每不斷嘗試涉獵油彩畫、浮世繪、水墨畫、木刻、小說插圖、書籍裝幀、書法、陶藝、詩歌、隨筆等多樣創作領域。出生於東京都本鄉區、自幼勤奮好學的他，早自中學時代便已熱中廣泛閱讀與求知，舉凡中國古典文學、老莊思想、詩經乃至日本南宗畫、文人畫等無不鑽研。

明治四十三年（一九一〇），青年作家志賀直哉（一八八三－一九七一）與東京帝大

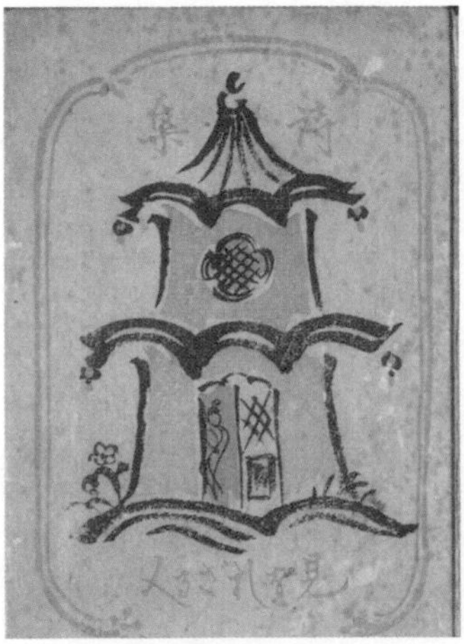

《見なれざる人》／中川一政著／大正10年（1921）／東京・叢文閣
封面裝幀／清宮彬
書影提供／百城堂書店

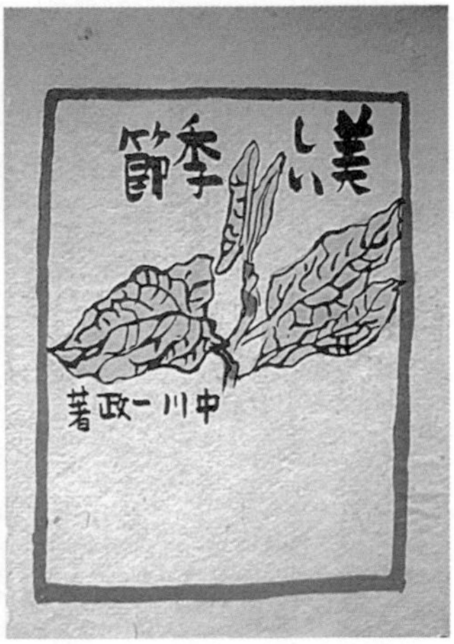

《美しい季節》／中川一政著／昭和10年（1935）／東京・櫻井書店
封面裝幀／中川一政
書影提供／百城堂書店

的同學武者小路實篤、有島武郎共同創辦《白樺》雜誌，由此逐漸形成了日本文學界的一股新興力量——即所謂的「白樺派」，其成員大多出身傳統貴族學校或上流社會子弟，且都非常傾心於藝術，尤其是西洋美術，他們也率先透過雜誌媒介將法國印象派繪畫介紹到日本。這時，甫從「錦城中學校」畢業的中川一政開始接觸油畫，據聞他習畫無師自通，其畫風頗有早期梅原龍三郎以及十九世紀歐洲印象派畫家梵谷（Vincent van Gogh）、塞尚（Paul Cézanne）等人的餘韻神采，並以定期閱讀《白樺》雜誌作為自己吸收藝文知識的精神食糧。後來，在他二十一歲那年（一九一四）以一幅畫作〈酒倉〉入選「巽畫會展」當中獲得畫界前輩岸田劉生（一八九一—一九二九）的高度推崇，遂在其引薦下先後加入「草土社」、「春陽會」等畫會團體。

這段期間，於創作過程幾乎全賴獨學成才的中川一政不僅以擁有西洋知識的「在野派」現代文人畫家自居，亦經常以美術評論者與詩人作家的身分發表一些報刊文章，並將之彙編成冊，陸續出版個人詩集《見なれざる人》（陌生人）、隨筆集《美しい季節》（美麗的季節），同時也經常替熟識的「白樺派」一幫文人好友們繪製書籍封面兼作雜誌文章插圖。諸如武者小路實篤的《孤獨の魂》、《幸福な家族》，火野葦平的《麥と兵隊》（小麥和士兵）、《黃金部落》，尾崎士郎的《一文士の告白》、《人生劇場》、《石田三成》，以及林芙美子的《放浪記》等著述皆由中川一政擔綱裝幀設計，甚至到了晚年也仍持續不輟，在他八十七歲時（一九八〇）還特別與女作家向田邦子於周刊雜誌上進行對談，豈料翌年（一九八一）向田邦子即因空難事件而亡故，繼而接連替她設計了小說遺作《あ・うん》（喔・是的）、《隣りの女》等書封。

值此，中川一政雖言僅將「裝幀」工作視為藝術創作餘暇的一門「副業」，但其生平經手的封面設計卻也總計多達六百種之譜。有趣的是，這些裝幀作品正如同他的油彩繪畫，不惟整體色調活潑明朗、且往往帶有原始粗獷的即興筆觸，於輪廓線條之間顯現出一種淋漓盡致、自由自在的形氣與神貌，而他長年以往又特別喜愛摹畫櫻花、薔薇及其他花卉草葉等靜物，亦為常見的封面主題。至於繪畫以外，中川一政在書道（書法）方面的技藝與成就，也同樣如實呈現在他為筆下繪製眾多書籍封面所題寫的各種書名文字當中，正所謂「字如其人」、「一筆入魂」，當時人們每每形容他書寫的字就好像是古代（在野）武士般「剛毅木訥」，那看似無所牽掛的筆勢誠然屬於樸拙一路，醇厚深沉、耐人尋味！

昭和十二年（一九三七）七月，透過台籍畫家楊三郎所屬「台陽美術協會」及「六硯會」的協助，中川一政應邀前往台北大稻埕「永樂公學校」主持「春陽會」舉辦的暑期洋畫講習會共九天，講演內容包括素描與油畫等，這也是他首度（也是唯一一次）造訪台灣，並和當地藝術界人士進行交流互動的一回難得經歷。

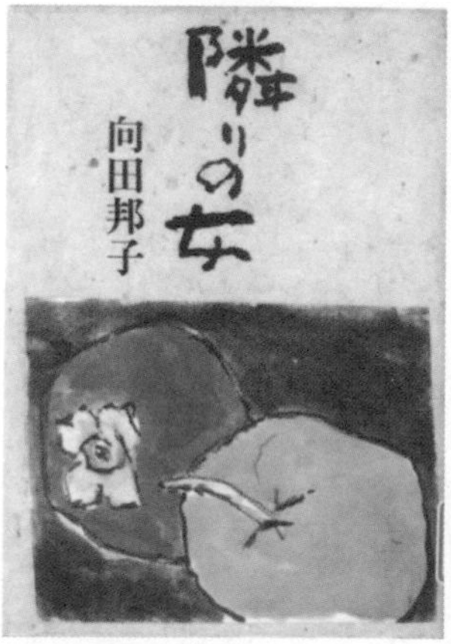

《隣りの女》／向田邦子著／昭和56年（1981）／東京・文芸春秋
封面裝幀／中川一政
書影提供／百城堂書店

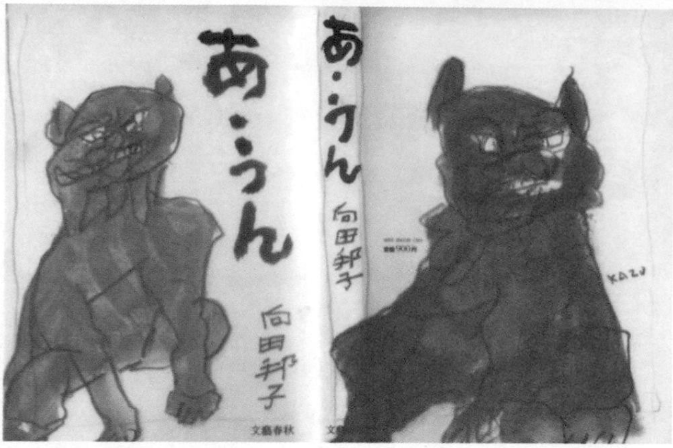

《あ・うん》／向田邦子著／昭和56年（1981）／東京・文芸春秋
封面裝幀／中川一政
書影提供／百城堂書店

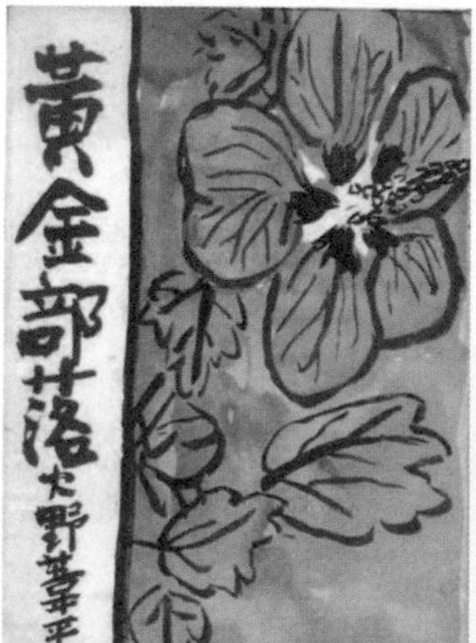

《黄金部落》／火野葦平著／昭和23年（1948）／東京・全国書房
封面裝幀／中川一政
書影提供／百城堂書店

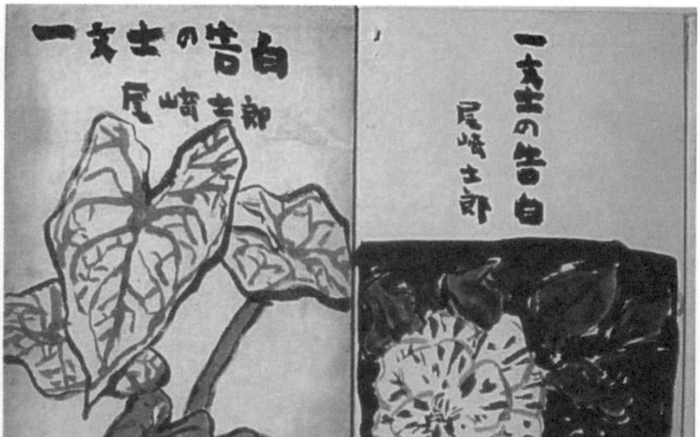

《一文士の告白》／尾崎士郎著／昭和39年（1964）／東京・新潮社
封面裝幀／中川一政
書影提供／百城堂書店

《放浪記》／林芙美子著／昭和21年（1946）／ 改造社
封面裝幀／中川一政
書影提供／文自秀趣味書房

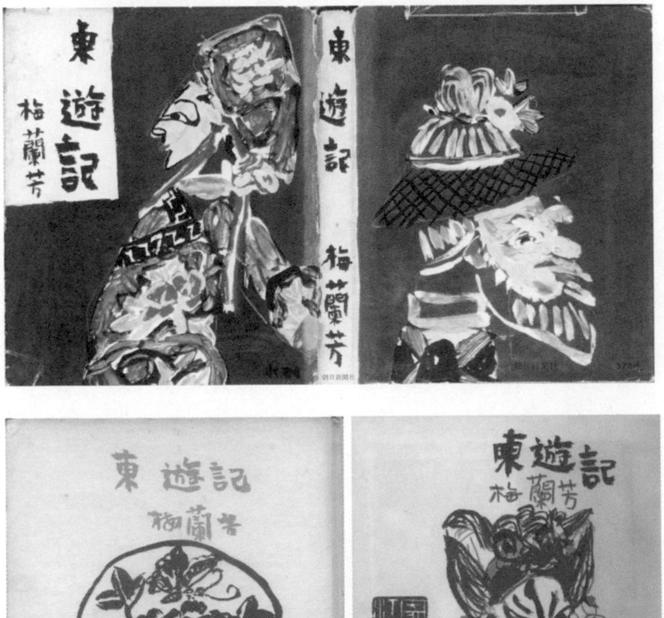

1956年夏天，梅蘭芳應「朝日新聞社」等團體的邀請，隨「中國訪日京劇代表團」前往日本巡迴演出。回國之後，即有雜誌社向梅蘭芳邀稿撰寫訪日遊記，於是他便透過一些回憶印象與片段的日記口述，由戲曲研究者許姬傳執筆記錄，連續於《新觀察》雜誌登載了六期，翌年（1957）由北京「中國戲劇出版社」集結推出單行本，名曰《東遊記》，後來又被「朝日新聞社」翻譯成日文在日本出版。

《東遊記》／梅蘭芳著、岡崎俊夫譯／昭和34年（1959）／朝日新聞社
封面裝幀／中川一政
《東遊記》書衣（左上）和封面（左）扉頁（右）設計
書影提供／舊香居

謳歌「創作版畫」的裝幀家山本鼎

日本自明治維新以降，為了適應由封建時代邁入近代社會的轉型，乃急需渴盼大規模地吸收與輸入西方文化，彼時不惟年輕的明治天皇及王妃穿著西式服飾拍照，包括國內大量建築物亦皆仿維多利亞的豪華風格，甚至就連美術創作都充滿了歐美的味道，在這方面諸如印象派、後期印象派、野獸派、立體派、未來派等以巴黎為中心的歐陸藝術思潮紛紛傳入日本，由此深受影響的日本美術界遂產生了洋畫舊派及新派之間的對立，許多文藝青年也相繼籌組新的美術團體。

當時，作為全世界匯集了最繁華景象與浪漫情調於一身的花都巴黎，理所當然成為東亞新興國家發展都會文化的效法對象，比方早年有不少開設在日本東京銀座街道上的咖啡館和商店即採法文命名，為的就是塑造出一種時髦的異國情調，讓人想像著自己彷彿正在巴黎的拉丁區街角喝咖啡、吃冰淇淋，以便吸引那些期待感受西方文化薰陶、或從歐洲遊學歸國的文人藝術家們前來休憩聚會，並藉此討論藝術和文學，致使流連忘返。

明治四十一年（一九〇八）十二月，由民謠詩人北原白秋（一八八五－一九四二）、醫學教授暨劇作家木下杢太郎（一八八五－一九四五）為首，號召一群藝文界知識青年共同創立了所謂的「パンの会」（牧神會），他們每月固定選在東京隅田川河畔的一家西餐廳舉辦聚會活動（包括像是美術界的高村光太郎、石井柏亭、森田恆友，以及文學作家永井荷風、谷崎潤一郎等人皆為座上常客），且以十九世紀末法國賽納河畔興盛一時的文藝會所「黑貓」（Le Chat Noir）自詡，一邊飲啜西洋美酒感懷江戶（「東京」舊稱）都會情趣、一邊當場吟詩作畫，甚至就連法國當時最前衛的美學譯著及詩集小說也大都出自這夥年輕人之手。

那年，他二十六歲，甫從東京美術學校西洋畫科畢業的青年版畫家山本鼎（一八八二—一九四六）恰逢機緣加入了此一跨藝術社團。

早在其修業期間，山本鼎便已於畫家友人石井柏亭主持的早稻田大學學報《明星》雜誌（一九〇四年七月號）首度發表了一幅自繪自刻的多色印刷木刻畫作〈漁夫〉而一躍成名，他在作品的解說詞裡第一次提到了「版畫」的名稱，用來取代先前普遍俗稱的「浮世繪」或「刀畫」（意指「以刀為筆作畫」），後來他也開始在石井柏亭與森田恆友創辦的《方寸》雜誌發表多數版畫作品和相關評論短文，毋寧自此宣告（預言）了「創作版畫」這一新興現代藝術型態的出現。

明治十五年（一八八二）生於愛知縣岡崎市，山本鼎自小即隨父母移居東京淺草區山谷町，十歲時拜入當代著名木版畫家櫻井曉雲（虎吉）門下歷經了九年的學徒生涯，在這裡奠定了扎實的木版雕刻及繪畫技術，之後進入「報知新聞社」擔綱報刊插繪工作，並進入「東京美術學校」持續鑽研畫藝。

《春を待ちつゝ》／島崎藤村著／大正14年（1925）／東京・アルス發行
封面裝幀／山本鼎
書影來源／日本早稻田大學圖書館

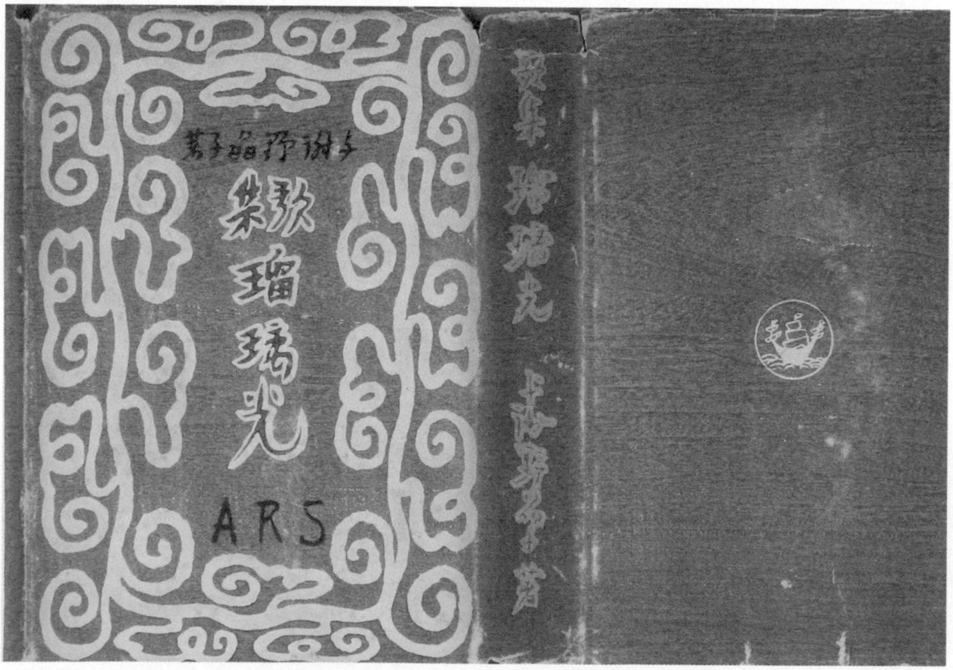

《歌集瑠璃光》／與謝野晶子著／大正14年（1925）／東京・アルス發行
封面裝幀／山本鼎
書影來源／日本早稻田大學圖書館

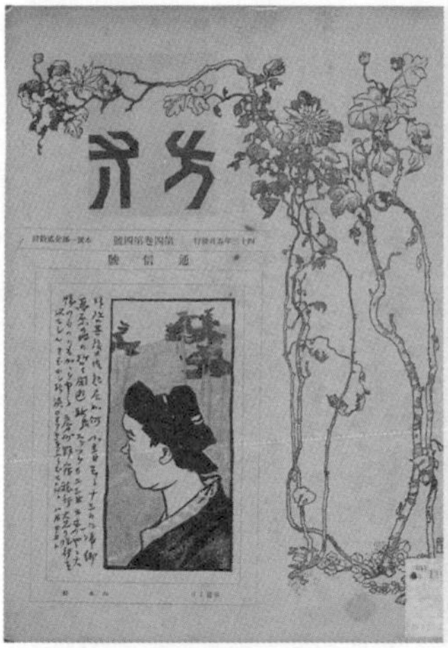

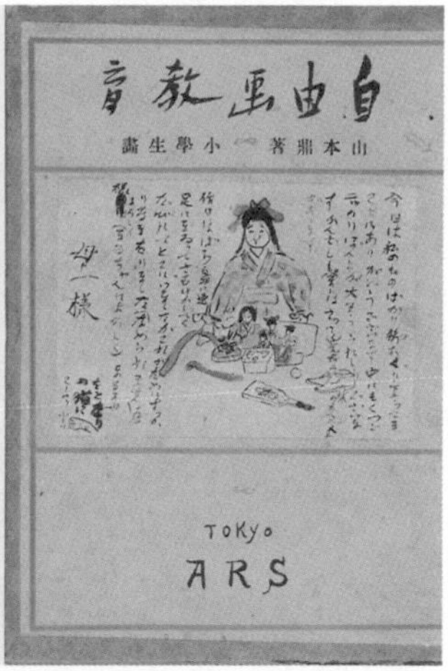

《方寸》雜誌／山本鼎裝幀／1907
書影提供／百城堂書店

版畫〈漁夫〉／山本鼎／1904

《自由畫教育》／山本鼎著／大正10年（1921）／東京・アルス發行
書影提供／百城堂書店

《太陽と薔薇》／與謝野晶子著／大正10年（1921）／東京・アルス發行
封面裝幀／山本鼎
書影來源／日本早稲田大學圖書館

大正初年（一九一二），三十歲的山本鼎搭船前往法國巴黎國立高等美術學校（Parisian Ecole Nationale des Beaux，為一所包含建築、繪畫、雕刻的綜合學校，一八一九年設立至一九六八—七〇年解散）就讀，四年後（一九一六）因第一次世界大戰爆發，再加上巴黎淪陷且旅費耗盡，故改乘火車自西伯利亞大鐵路回到日本。旅途中，山本鼎初次見聞莫斯科當地農民音樂與農村工藝品而大受感動，遂因此醞釀了他往後大半輩子直到過世之前始終堅持推展「農民美術運動」的畢生職志。

當時日本國內因歐戰帶動了經濟發展、景氣一片繁榮，藝文界每每主張自由理想，並強調關懷社會底層農工大眾的人文本位主義一度風靡了無數知識分子，此外還有一連串由詩人作家與藝術家發起的藝術自由教育運動，舉凡鈴木三重吉的兒童文學運動、山本鼎的自由畫教育運動、北原白秋的兒童自由詩運動等，皆可謂百花齊放各領風騷、從而逐漸形成一股新的文化潮流。

如是，青年山本鼎為此不斷吸收外來的西洋美術理念和表現技法兼融日本浮世繪木版畫特有的配色與構圖，並將以往浮世繪的繪師、雕師、摺師這種分業制度的製作過程，改由美術家自己一個人來處理，除了提倡創作者的個人特質之外，還需做到「自畫、自刻、自摺」的原則，不僅造就出一種具有強烈島國色彩、無比精緻且詩意的藝術，更使得日本版畫由傳統演進至近現代的發展過程中完成了脫胎換骨的深刻轉變。

大正七年（一九一八），由山本鼎發起，同時期著名版畫家前川千帆、恩地孝四郎及川上澄生等人皆為主要創始會員的「日本創作版畫協會」於該年成立，隨之又於大正十三年（一九二四）與北原義雄（詩人北原白秋的胞弟）創辦《アトリエ》（法文**atelier**，中文譯為「畫室」）美術月刊誌，緊接著亦接受了總督府委託首度來台調察原住民手工藝產業（一九二四年四月），並針對自由畫、農民美術及台灣美術工藝等主題發表系列講演。這時他也陸續替一些熟識的詩人作家協助繪製書籍封面設計與內頁插圖，比如島崎藤村的《春を待ちつゝ》（等待春天）、蒲原有明的《春鳥集》、北原白秋的《詩集邪宗門》與《白南風》，以及與謝野晶子的詩歌集《瑠璃光》和《太陽と薔薇》等。

其中，《瑠璃光》一書乃為江戶時代日本本州北陸地區石川縣「山代溫泉」的守護神「藥師瑠璃光如來」命名而來，這裡的溫泉原是加賀百萬石前田藩的「湯治場」，據傳歷代藩主皆鍾愛此地，及至明治時期以降又深受眾多文人墨客所喜愛而遠近馳名，彼時諸如與謝野晶子、泉鏡花、北大路魯山人等文壇巨匠亦均曾提筆撰寫詩文歌賦不吝讚頌之。至於該書封面設計主要使用東方傳統廟宇及古代民間器物常見的雲紋圖案為基底、且採西式編排的木刻字體書名加以混搭，其畫面不僅講究線條造型的流暢灑脫，更予人感受在此形象主題當中那種彷彿入木三分的版畫肌理，既富含古典韻味又不乏現代感，堪稱山本鼎早期從事裝幀生涯的最佳代表作。

梅原龍三郎與《霧社》裝幀

南方有光，彼岸有花。

觀諸地理文化流變，台灣自一八九五年（明治二十八年）成為日本殖民地之後，便不乏有許多日本人把台灣和野蠻的「蕃人」畫上等號，對台灣各地風土民俗也充滿了獵奇心態，且隨著明治中期到昭和時期「南進論」的形塑，即以台灣作為帝國擴張主義「南進政策」的起點。如是，一處「未開化」需要被征服、被開拓、被啟蒙的「南方」形象儼然浮現。至於早期一度盛行書寫、描繪台灣的諸多圖像與文學作品，則是主要出自殖民地官吏、人類學者與知名作家等人之手，藉由各種專業的官方報告與當地風土民俗調查，有關台灣的各種事物遂開始被認識，從混沌未明到清晰可見，逐步建構了日本帝國的「南方學」。可以說，殖民地本身就像一座博物館，鉅細靡遺地全面展示在殖民者眼前。

話說大正九年（一九二〇）六月，日本大正昭和時期書寫「異國情調」（exoticism）

《霧社》（表紙）／佐藤春夫著／昭和11年（1936）／東京「昭森社」發行
封面裝幀／梅原龍三郎

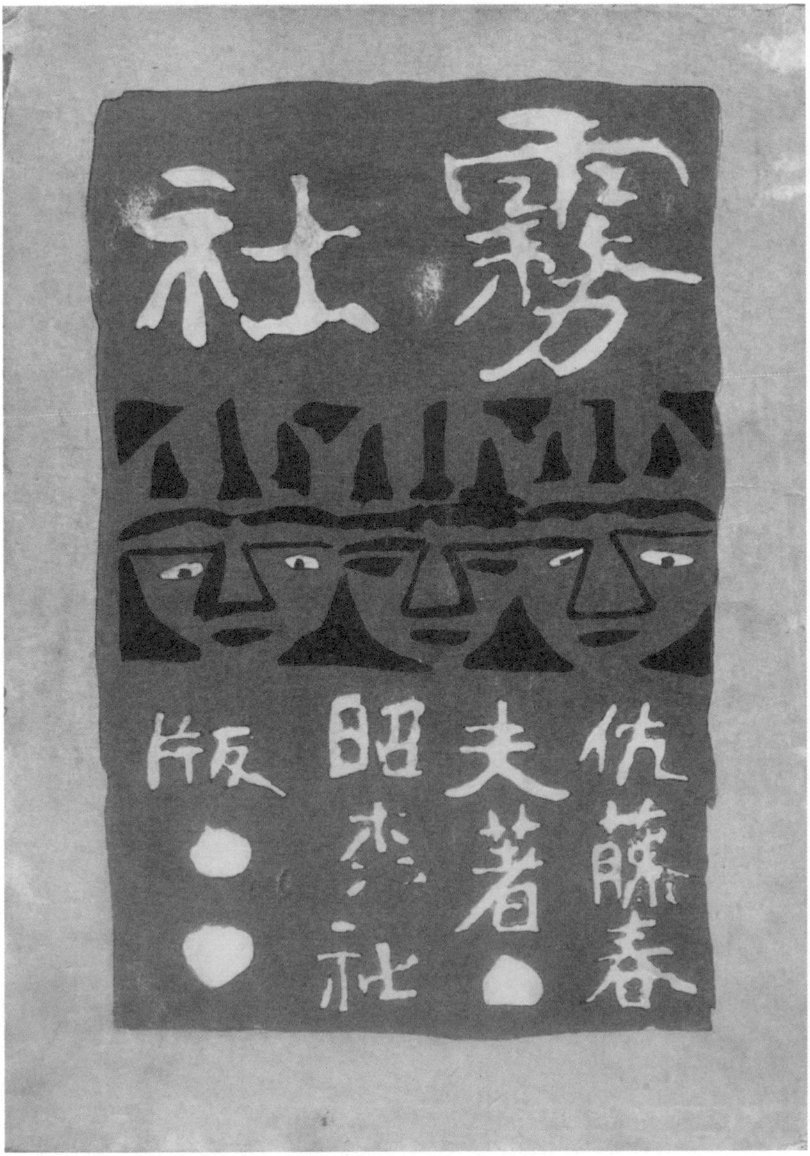

《霧社》（書盒）／佐藤春夫著／昭和11年（1936）／東京「昭森社」發行
封面裝幀／梅原龍三郎

極富盛名的小說家佐藤春夫（一八九二—一九六四）受到友人邀約而前往台灣旅行。當時他與妻子的婚姻生活並不順遂，而且又跟谷崎潤一郎的妻子千代有曖昧關係（此為日本文壇著名的「讓妻事件」），為了這些事情而煩憂不已的佐藤，便決定來台散心。從七月初抵達基隆，至十月中旬返回神戶，根據這段期間的旅途見聞，佐藤春夫返回日本後陸續發表了小說、遊記及散文等文類共十三篇，其中最為一般讀者所熟悉的是以古都台南為背景、被視為日本近代文學史上第一部描寫殖民地台灣的短篇小說《女誡扇綺譚》，以及取材自台中泰雅族原住民發生「沙拉馬歐蕃」（Salanao）抗日事件為題材的《霧社》。而那時候佐藤春夫卻無論怎樣也料想不到，過了十年之後，在他昔日對南方懷有強烈憧憬筆下歌詠的這座美麗島上，竟然又發生了另一樁更加慘烈的一九三〇年「霧社事件」！

繼佐藤春夫之後，有不少日本內地作家與藝術家也受其影響、紛紛追隨他嚮往南方島國探險的腳步——藉此尋求心靈寄託，因而創作了許多南方紀行作品（比如從少年時代起即矢志前往台灣遊覽的作家中村地平於一九四一年發表的《台灣小說集》）。

據悉佐滕春夫的小說〈霧社〉，原發表在大正十四年（一九二五）三月號《改造》雜誌，後於昭和十一年（一九三六）收入由東京「昭森社」發行的單行本《霧社》散文遊記小說集。

除此，尤令我感到驚豔的是，擔綱這本《霧社》書籍封面裝幀者，乃是當時日本畫壇赫赫有名的大畫家梅原龍三郎（一八八八—一九八六）！

早在大正年間（一九二〇年代），梅原龍三郎已是日本繪畫界的巨星。對於梅原的作品，許多老一輩台灣人毋寧是相當偏愛且帶有某種特殊的深厚情感。梅原龍三郎早年留學法國習藝多年，因仰慕印象派大師「雷諾瓦」（Pierre-Auguste Renoir, 1841-1919），遂於一九〇九年前往求見，對其色彩運用大為驚嘆，此後多次受其指導（據說有一段時期他的調色板甚至連顏色排列的位置都跟雷諾瓦相同），直到一九一三年返回日本，亦曾任台展審查員（一九三五—三六），戰後經常赴歐陸遊覽寫生、創作華麗的風景畫，堪稱推動台灣近代美術發展的重要導師之一，包括從四〇年代開始在《民俗台灣》連載「台灣民俗圖繪」的「灣生」（指日治時期在台灣出生的日本人）版畫家立石鐵臣、台籍畫家郭柏川與廖繼春等人均曾深受梅原的影響。

被譽為日本「野獸派」創始宗師的他，其作品中蘊含混沌而沉厚的力量，搭配恣意塗抹的既拙趣又穩斂的顏料色澤，以及不經意流露的爽朗大氣，還有那近乎渾然天成、大膽揮灑的線條筆觸，每每都能讓人不禁為之著迷。特別是在色彩方面，梅原龍三郎偏愛使用原始對比色（包括紅色、綠色與黑色），在靜物畫中也大量運用所謂的「龐貝紅」（意指一種很鮮豔的紅色，常見於龐貝城的壁畫背景。之後在西方世界變成一種流行，最後成為這種顏色的專用詞）。

饒富趣味的是，端看《霧社》該書裝幀風格，梅原龍三郎亦不外乎承襲他平日作畫的個人偏好，在一片鮮豔大紅色的背景上畫了一對百步蛇，從封面延伸到封底，呈現出彷彿傳統文人畫般筆墨暢酣、明快鮮麗的畫面節奏，遂成了梅原生平絕無僅有、極少數以台灣原住民為題材的裝幀經典之作。此處相傳百步蛇乃是排灣族人的祖先（故而視百步蛇為神聖圖騰），而布農族人亦以蛇為友、其服飾圖案日常器具雕刻飾品多與百步蛇身紋相似，甚至據聞賽德克族獵人也有此一傳說：「殺了百步蛇的人下場都不好、會禍害子孫。」總之，對於大多數台灣原住民來說，百步蛇毋寧是各族皆尊敬奉為神物的信仰象徵（相較於西方基督教文化認為蛇是邪惡的）。

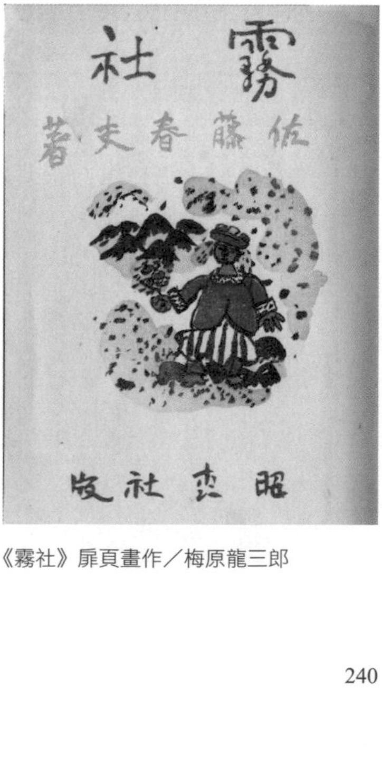

《霧社》扉頁畫作／梅原龍三郎

誠如《霧社》小說封面之於百步蛇圖騰神話的若干聯想，舉凡「書籍」作為承載知識內容的文化載體，總需要有相應的裝幀（Binding）形式來襯托，諸如書口燙金、絹織染色、石印插畫、布料裱裝、天鵝絨裝、繩結裝訂，乃至薄葉紙書衣、精製書盒等均各有其獨特的手作氣味，而一部秀異的裝幀書籍往往更能誘發閱讀者無窮盡的想像力，使人離開日常生活的慣性思考，引領我們進入書本裡的奇幻世界。但觀其筆下線條流轉、縫補燙金的紙上技藝雖僅在方寸之間，實際上其內涵象徵卻儼然如浩瀚的書海般，豐富多采、天地遼闊。

據聞上個世紀梅原龍三郎早曾感嘆：「新開殖民地的悲哀，無疑為傳統精神的欠除」，而之後的杉浦康平（當代日本平面設計大師）也類似說過：「作為設計師應該有三隻眼睛，兩隻眼睛往前看，一隻眼睛向後看，看背後的歷史文化。」如今在這個過度媒體化讓美學幾乎變成詭辯的消費時代，我們實在更需要從過去的歷史當中體會那些能夠教人長久感動的作品，並藉此重新發現自己、認識自己，且惟有透過歷史的回溯及省思，我們才能真正發展出屬於自身故鄉風土特色的美學文化。

後記—誌謝

「書籍」作為承載知識內容的文化載體，毋寧需有相應的裝幀（Binding）形式來襯托，而一幅好的封面裝幀往往能誘發閱讀者無窮盡的想像力，使人離開日常生活的慣性思考，引領我們進入書本裡的奇幻世界。

回想二〇一〇年，我因撰寫、出版《裝幀時代》一書，遂有幸和當時島內碩果僅存的廖未林、龍思良、梁雲坡等戰後台灣第一代圖案（裝飾）畫家前輩們結下了極深的緣分。及至二〇一二年《裝幀台灣》問世，復將整個綜觀台灣本土美術設計的歷史軸線，從原本戰後五、六〇年代擴展回溯到了更早期的「灣生」版畫家立石鐵臣和裝幀家西川滿，洋畫家石川欽一郎、鹽月桃甫與顏水龍、李石樵、楊三郎，以及圖案畫家暨詩人王白淵等一干藝文創作者活躍於書籍裝幀領域的日治時代。

而今，撫讀拙著《讀書放浪》嘗試聚焦的精神意涵，其重點之一即是承繼先前「裝幀系列」的延伸主題，意即「近代日本文化」所帶給台灣圖書出版業與設計界的影響。

但凡今日所謂「裝幀」一詞，最初原是上世紀二、三〇年代由魯迅、豐子愷等最早一批留日的中國知識分子從日本傳入。若追溯其背景根源，即是書中所云橋口五葉、杉浦非水、藤島武二、竹久夢二、與謝野晶子、島崎藤村等一批明治大正藝術家及文學家嶄露鋒芒的風雲時代。就在這段期間，來自西方歐美國家源源不絕的文化新思潮各種風格流派如潮水般湧入，與日本傳統文化彼此之間產生衝突激盪，同時卻又相互交雜融合，從而孕育出史家所云「和洋折衷」風格美學的年代。那樣的時代氣息，那樣的歷史氛圍，總是不禁令你我想起每個人年輕時都曾有過的青春放浪、輕狂無畏。

我尤其偏愛日文漢語中所謂的「放浪」一詞，彷彿帶有一絲絲的放縱，一點點的任性（矢志追逐自由者，多少都會有些任性），自由自在，無拘無礙。任憑這時光奔騰如流水，且毅然投入這一片蒼蒼浪浪的文壇江湖，遂得以在書海裡寄寓自己的執念。南面百城，放浪無羈。故而取之為書名。

《讀書放浪》，是我的第六本書，卻是首度以隨筆式的「書話」（Book Chat）題材集結專欄文章的初步成果。

在此，首先我要特別感謝兩位因逛書店而結識的多年好友：「舊香居」女主人吳雅慧（吳卡密）伴我一路走來每逢出書總是熱情慷慨替我作序，其字裡行間盡是流露深摯情感，以及日本文學專家、資深愛書人邱振瑞在序文中的諄諄督勉與殷切期許。

謝謝出版界前輩吳興文先生熱心引介中國北京《博覽群書》書評雜誌的刊登機會，也謝謝國家圖書館所屬《全國新書資訊月刊》諸位編輯先生的長期支持，以及中國廈門《書香兩岸》雜誌的專欄邀稿。

感謝《藝術家》雜誌不吝給予刊載園地，並且提供相關老照片資料。

另外，尤其謝謝「百城堂書店」主人林漢章先生大方提供珍藏絕版古書與圖錄，讓我翻拍許多精采書影。

偶然地，有些緣分雖然短暫，但卻深刻。

謹此，非常感謝這段期間「文自秀趣味書房」女主人對於寫作出版方面的諸多關切與熱忱招待，且以珍稀初版本《放浪記》慨然相借。

謝謝老辜（作家辜振豐）經常帶來美味可口的紅酒與麵包，還有「舊香居派」諸位夥伴的協助：梓傑、浩宇、小琍總是無時無刻盡心盡力為我們這些買書買到無可救藥的愛書人營造出如此一處溫暖而極富人情味的舊書沙龍。

謝謝美術設計師蔡南昇別出心裁的內文排版，還有我的書籍封面老搭檔莊謹銘每每令人驚豔的出色設計。

最後，我更要感謝「聯經出版公司」發行人林載爵、總編輯胡金倫在這三年多來的包容與支持，也謝謝本書編輯靖絨在諸多編務工作上的細心擔當。

當代名家·李志銘作品集3

讀書放浪：藏書記憶與裝幀物語

2014年12月初版　　定價：新臺幣平裝390元
精裝590元

著　者　李志銘
發行人　林載爵

出版者　聯經出版事業股份有限公司
地址　台北市基隆路一段180號4樓
編輯部地址　台北市基隆路一段180號4樓
叢書編輯電話　(02)87876242轉224
台北聯經書房：台北市新生南路三段94號
電話：(02)23620308
台中分公司：台中市北區崇德路一段198號
暨門市電話：(04)22312023
台中電子信箱：e-mail：linking2@ms42.hinet.ne
郵政劃撥帳戶第0100559-3號
郵撥電話：(02)23620308
印刷者　文聯彩色製版印刷有限公司
總經銷　聯合發行股份有限公司
發行所：新北市新店區寶橋路235巷6弄6號2樓
電話：(02)29178022

叢書編輯　邱靖絨
封面設計　莊謹銘
校對　吳美滿
內頁設計　一瞬設計

行政院新聞局出版事業登記證局版臺業字第0130號

本書如有缺頁，破損，倒裝請寄回台北聯經書房更換。
聯經網址：www.linkingbooks.com.tw
電子信箱：linking@udngroup.com

ISBN　978-957-08-4489-4 (平裝)
ISBN　978-957-08-4488-7 (精裝)

全書圖片由作者提供

國家圖書館出版品預行編目資料

讀書放浪：藏書記憶與裝幀物語/李志銘著．
初版．臺北市．聯經．2014年12月（民103年）．248面．
17×23公分（當代名家·李志銘作品集：3）
ISBN 978-957-08-4489-4（平裝）
ISBN 978-957-08-4488-7（精裝）

855 103023045